万榕

传播新知 优美表达

星星是如何相连的

昼温——著

北方联合出版传媒(集团)股份有限公司
万卷出版有限责任公司

图书在版编目（CIP）数据

星星是如何相连的 / 昼温著. — 沈阳 : 万卷出版有限责任公司, 2024.1

ISBN 978-7-5470-6281-4

Ⅰ. ①星… Ⅱ. ①昼… Ⅲ. ①幻想小说 - 小说集 - 中国 - 当代 Ⅳ. ①I247.7

中国国家版本馆CIP数据核字（2023）第107123号

出 品 人：王维良
出版发行：北方联合出版传媒（集团）股份有限公司
万卷出版有限责任公司
（地址：沈阳市和平区十一纬路29号　邮编：110003）
印 刷 者：天津鸿景印刷有限公司
经 销 者：全国新华书店
幅面尺寸：145mm × 210mm
字　　数：200千字
印　　张：9
出版时间：2024年1月第1版
印刷时间：2024年1月第1次印刷
选题策划：王会鹏
特约策划：未来事务管理局
责任编辑：裴楠
责任校对：高辉
版式设计：任展志
封面设计：任展志
ISBN 978-7-5470-6281-4
定　　价：48.00元
联系电话：024-23224081
邮购热线：024-23224481

语言的奇观有多么不可思议

——读昼温最新科幻作品集有感

韩 松

在 CHATGPT 成为热点话题时，读到昼温的科幻作品集《星星是如何相连的》，颇有感触。CHATGPT 是一个语言机器，它用语言来整合思想，回答人类提出的问题，在全球引起极大震撼。而昼温这个作品集里的八篇小说，它们的主题正是语言。人类是用语言思考的动物。昼温在作品中提到，语言学家施莱歇尔说，我们通常称之为“生命”的一系列现象，也见于语言之中。昼温是用语言艺术进行创造的作家，她用细腻的描写、婉转的叙述、入木的刻画、宽宏的构筑，为读者打开了一扇惊奇的大门。在她的笔下，语言是自然科学，还是社会科学？似乎二者兼备。实际上在语言这座实验室里，如今也集中了大批科学家和工程师；同时，语言又是哲学的命题，有着最深奥难懂、复杂奇妙的阐释。这使它成为最好的科幻题材之一。读了这部作品集，我不禁想到，如果语言变化了或失去了，世界将会是如何一幅图景，人类会变得怎样？如果我们能听懂生物、外星人以及宇宙的语言，又是如何的情形？假如亲人、朋友、同事之间的所有对话，都是由一个人工智能虚构出来的，那又是如何？这似乎就是未来甚至现实，而不是科幻。

昼温创造了一个新的奇观世界，这是一个构筑在语言基底上的崭新宇宙，在之前的中国科幻中少有。在她的笔下，出现了全新的“星门”，还有负责转移人类的“星联所”；语言作为试验的工具，能与鸟兽对话；可以用神经元聚合模式对人类进行分类；语言最终导致的人类再分化，不仅仅是一场迁移；有极其惨烈的人类灭亡场面，却只因为一个语言测试问题；物理语言学诞生了，可用来重新认识宇宙；宇宙或是一个语言问题，缓慢的地壳运动可能是星球文明跨越千年的书写，而傲然隆起的峰峦则是它们绵延万里的句读；能设计一个机器，来模拟对话，以讨人欢喜，所有的细语、情话，闺蜜及亲人无拘无束的聊天，以及友人间的慷慨叙谈，都只是机器的设计，所有的温暖不过来自于被窝中发热的手机；跨媒介移植生命模式成为可能；太空语言学成了星际航行移民的前提；当面对一千亿个神经元失去重力束缚，就需要探索零重力语言学，因为它给人类的思维带来了根本性改变，不仅肌肉流失，还有语言流失；将一个人的大脑，连同她收集到的语料库一起，镌刻在行星地质环境中，把脆弱易逝的语言变成沉默的星球，在漫长的改造过程中化为广阔宇宙中一块万年不会磨灭的墓砖，保留了千年来语言演化的痕迹，那将是人类走向群星前最后的共通语言……这样的叙事和场面让我着迷，它揭示了科幻的魅力，即通过不加限制的想象，不懈地创造奇观，创造不同，创造一切崭新的事物，使视界和触角永远向未来无限打开。这显然不仅是男性作家的特权，而女作家在诸多方面，甚至爆发出更惊艳的想象力。

昼温还是一位令人敬佩的思想者。人是语言的动物，而语言是思维的外壳。在小说中，她提出了很多的猜想和假设，探讨了语言之变幻莫测所带来的技术、社会、政治和家庭剧变，以及人类哲学、观念发生的转折。在未来，除了生殖隔离，是否还有语言隔离，此正如在人类的世界里，鲸歌寂静无声？人与人的距离，是否要用语言来丈量，而语言的疏离，将把亲人变成无法认识的他种生物吗？是否存在一种“平均语言距离”的东西，当理解不了对方说的话时，最终不是寻求理解，而是直接逃离？孔子说，辞达而已矣，但有一天，辞不能达，又如何呢？我们吐言，并非心中所想，又将怎样？宇宙是创造的问题，是发现发明的问题，是数据搜索的问题，还是翻译问题或听力问题？创造力是如何用语言来度量的？语言本身就是世界整体文明程度的最终标准吗，语言测试的代价是否需要数十亿人的生命丧失？人类能用语言来改造世界，这是比土木工程师所做的改造更厉害的吗？是否创造发明一门新语言，就可以解决和平战争的问题，乃至宇宙中所有的疑难问题？但最完善的语言究竟能否拯救这个世界？它或许只能是破缺的结果，却会给艺术带来无穷空间？……作品集中的每篇小说，都充满这样的思辨，展现了科幻的另一魅力——它必然是一个思想实验室，它是要不断提出问题的，它就是要有智力的难度，并通过“假如”来推演那些纠结困难的情境，尝试在逻辑上得出解答。昼温的小说因此也具有很高的硬度，她进行了大量技术性铺陈、想象和解说，甚至在每一篇作品的后面，都附上了参考书目。

但不仅仅于此。无论有多少奇观、有多少思想，科幻仍然是小说。昼温这部作品集，最让我过目难忘的，是它丰盈充沛的情感，是它打动人心的故事，是它硬壳下的生命。她用语言串起了母女、姐妹、恋人之间的冲突与和解、分歧与缠绵、分离与交融，每一篇都聚集在人类的复杂亲情、友情、爱情上，它讲的是，语言是如何让我们心意相交、情绪纷涌，又是如何制造了争执和误解，并让人成长或夭折，面对挑战或畏缩、或勇进。人类社会那难以用语言表达的复杂性和微妙性，却都在这些小说中被语言一一道来。昼温甚至赋予每个人的语言以情感——姐姐的口语是北方香草味的小溪，父亲的话像铁丝一样越来越锈，计算机生成的语言也有自己的味道和形状。她写了最亲爱的姐妹也只能隔着信息茧房相望，永远无法真正感知对方世界，从而滋生了无尽的痛苦；她写了有人为保有自己的独特性，而选择了星际远航，告别了亲人，而这被称作“死亡”；她写了少数群体拒绝再忍耐下去，为什么要费那么多时间学一门外语，而不是搬到一个没有那门外语的世界呢？她写了我们为了情感上好受一些，而不是为追求理智上更完美，而追求语言的极致；她写了为此人类可能创造出新文明，但又疑惧这或是走向灭亡，在一个奇异孤寡封闭的语言环境里近亲繁殖，是否真的可以呢？她写了什么是正常人，什么是非人，对此我们是否一直在草率分类？她写了剥离一个文化，只需要一代人，仅需抽去他们的语言，便不能感受、使用、识别祖辈使用的符号，这带来的是什么样的情绪悲苦呢？她让读者看到，语言是多么强大而脆弱的东西。她借人物之口提出：人类走进太空这么多年，花太多时间去关注物理生理上的变化，关注心理变化的不多，关心语言变化的就更少了。读到这里我不禁想，我们可能忽视了语言是如何塑造人性、情感和人的关系的，这是这个世界的不安和悲哀的起源，也是当今科幻小说的短板。

昼温以她的敏感，或者用她的生命的力量，书写了这个时代的恐惧和绝望，同时又赋予温存和希望。她写了科学技术的力量，更写了人文艺术如何定义和改造世界。语言本身是光明与黑暗的俱存。从这部选集中，我看到一位女性作家的勇敢坚毅、一往无前，她满怀理想主义和梦想，一如她作品中的人物，想要以一种语言，连接千千万万人，拥有文明创造的所有数据；她想飞跃所有信息的壁垒；她想听懂世界上每一个音节，想拥有流动的形状，永远都在学习和成长；她想要茧房外的自由。从这部作品集中，我看到了一位深邃、细腻、多思、深情、博大、善良的科幻作家。好的科幻作品，必然是具有这样的激情和灵魂的，它一定是生命充盈而每一个词都在滚热跳动的。

关于语言的科幻之前也有一些，如特德·姜的《你一生的故事》，如伊藤计划的《虐杀器官》，如伊格言的《零度分离》，如夏笳的《让我们说说话》，都写到了语言带来的复杂剧烈的科技、社会、世界和人生变化。在现实中，有珍妮古多尔与猩猩的语言交流，曾极大震撼了我。最近又看到新闻，除了 CHATGPT，国外还发明了一种机器，能通过脑电，把人类脑中的语言活动还原出来，达到高度接近性。这都表明语言将在人类演化中扮演难以预知的角色。这都是很有意思的，也带来恐惧。它也让人觉得，我们的世界，其实本来并不存在，而完全是由语言创造出来的，这也是 CHATGPT 引发的战栗。这也让我想到我国著名艺术家黄永砯，他受维特根斯坦影响，对语言和词汇深具戒心，他曾说:“词是局限的。”“语言之病不能用语言去解救。”“语言只是一个筛子……而整个世界是无法过滤的。”维特根斯坦哲学一句关键的话是："世界上有一部分事物是不可言说的，对于这部分不可言说的事物，我们只能保持沉默。"黄永砯给加了一句："或者是保持沉默，或者是乱说。"他说，不消灭艺术生活不得安宁。那么，有一天会不会是，不消灭语言生活不得安宁？或许人工智能今后追求的只是无语？这就像是禅宗的得意忘言，或尽在不言，任何用语言来求知般若的努力都是不可能的，不识字的慧能反而能明心见性。这何尝不是昼温的作品让我产生的联想，好的科幻作品，正是具有这样的无限开放性。

语言如何将万物相连

——短篇集《星星是如何相连的》创作心得

昼 温

我写过很多跟语言有关的故事，公众号常有读者留言，“一看标题就能猜出作者是昼温”。少女与少女的羁绊，语言学与物理学的交融，亲情、爱情、友情……熟悉的元素反复琢磨，新的故事又从文字中舒展而出。万幸，作者、作品和时代是一起成长的。

2019 年前，我笔下的主人公多是在校大学生或研究生。围绕语言学的科研生活，她们探索自我、探索命运、探索世界。那些女孩带着强烈的理想主义色彩，将语言学理论与自己的人生相映衬，相信心中的信念能够改变一切。在这本书中，《百屈千折》《完美的破缺》（日语版收录于日本选集《走る赤：中国女性 SF 作家アンソロジー》）可以看到这个时期作品的影子。这本书外，也推荐《偷走人生的少女》（2019 年获乔治 · 马丁创办的地球人奖）和《沉默的音节》（2021 年获得日本星云奖提名）。

从 2020 年开始，到 2022 年年初，随着人生阅历的增加和生活环境的变化，故事中的少女逐渐成长为职场女性。面对相对复杂而沉重的现实，她们不得不抵御来自生活、社会的压力。但是，她们仍然可以从语言中汲取力量。

在本书收录的小说《风言之茧》（收录于人民文学出版社的《2021中国最佳科幻作品》）中，就探讨了一个问题：我们长大以后，是拥有了更大的世界，还是更小的世界？小时候，我们读百科全书、世界名著，学的词语是“宇宙”“星星”和“爱”；长大后，我们却落在了一个个小小的格子间里，不管是工作还是科研，只能在一个小圈子说一些旁人不懂的“术语”，就像那些年盛行的互联网“黑话”。最后，主人公还是与这件事和解了：也许到头来我们只能在一个领域深耕，说话的方式多少要沾染些职业特点，但这也是我们从“平凡”走向“独特”的过程。远望可以看见一切，但伸手什么都抓不到；“宇宙”二字固然宏大，其意义却空泛到什么都没有包含。就算走上了不同的职业道路，在社会上拥有一小块自己负责的领域，人们依然可以在感情的基础上理解彼此，听懂对方的语言。

这一期间的小说，也推荐本书外的《解控人生的少女》《分脑风波》，讲各个领域的职业女性互帮互助、共同成长，同时也在改变或拯救世界。

2022年年初开始，我的目光投向了更加遥远的地方。地球上的语言尽管有很大差异，但都是在同一套生理基础上，是对同一个行星环境的反应。那么当人类远赴太空之时呢？首先，面对的环境截然不同：大气构成、行星地质千差万别，极端温度、异常引力凶险万分，甚至物理性质都可能会被改变，比如邻近黑洞的空间。其次，为了适应环境，生命很可能要对自身进行改造，舍弃或增加一些感官。到那时，人类的生理基础也不同了。第三，随着距离变远，星球之间信息传输所耗费的时间会造成沟通不畅。但在不同的人类群落中，语言还是会不断进化。那么，当星球之间的语种差异越来越大，大到彼此完全无法理解的程度，该怎么办呢？基于对这些问题的思考，我写了一系列探索语言在太空时代发生变化的故事，有短篇有长篇，都是在一个共享的架空背景下来探讨这个主题，包括本书收录的《失重的语言》《星海言灯》《星星是如何相连的》（英文版、日语版分别在美国、日本发表）。

写作十余年，“少女与语言”这一主题，在蜕变自我、闯荡社会和探索宇宙的背景下，能够绽放出那么多奇妙的故事，我自己也没想到。而在酝酿每一个故事时，我都一样感到新鲜、激动：翻遍词典，琢磨合适的人名；半夜惊醒，记下喷涌的灵感；查阅资料，让背景更加真实可信。有多少次，午后落笔，起身已深夜，不知如何开头的稿子，转眼洋洋洒洒几万字。

我相信，作者、作品和时代的成长不会停止，未来漫漫长路，还有无尽惊喜可以期待。回头看，轻舟已过万重山。

最后，感谢家人、朋友、前辈的支持与相伴。还有一路走来的读者朋友，你们的反馈和鼓励是这一切发生的基础。手上这枚小小的里程碑，希望你们喜欢。

目　录

百屈千折

余波　絮果

街上空无一人。

四处流淌的血水已经被清理干净了，地上只留着道道白线，勾勒出生命最后的形状。

人们应该已经陆续离开了城市。以天地为棺椁，这里将成为另一座没有尸体的坟墓。

他们不会回来了，我也不会。

我刚从家里出来。已经有人贴心地处理过了，客厅里只剩下了一个不规则的白圈，粉笔画的。两个人应该是一起离去的，令人嫉妒。

我本想带走一些纪念品，但还是什么都没有动。

和家里一样，奇异的紫色花朵在钢筋混凝土、柏油马路甚至是玻璃幕墙上生长出来，诡异的清香正好中和了腐烂的气息。

戴着足以抵御雾霾的无纺布口罩，我还是能闻到它。

“因为气体分子比较小哇。”他立刻回道。

我把手机紧紧攥在手里，一如往日温热。

但他的味道已经彻底消失了。

第一次　辰时

早上七点，第一个人死在我眼前。

她姣好的面孔突然变成了靠近热源的蜡版，五官像液体一样开始融化。上下眼皮很快黏在了一起，嘴唇脱落，露出森森白齿。鼻子顺着脸颊滑了下来，眼镜哐的一声掉在了地上。

随着皮肤脱落殆尽，眼睛又露了出来。我不知道她还能不能看得到，但那双白球真真切切转向了我的方向。困惑？不甘？求救？眼球消失，转瞬即逝。

十秒之后，博士同学已经在我面前完完全全化成了一摊血水。

那浊液顺着寝室倾斜的地面向四周缓缓流淌，浸润了一本本材料和论文。

惊惧像实物生生堵住了我的喉咙。我张着嘴，想喊喊不出来，想呕也呕不出来。

终于，在液体就要接触到自己的一瞬间，我夺门而出。

全身贴在冰凉的墙壁上，我深吸几口气，终于找回了冷静。

求救。

昏暗的宿舍楼很安静。正值暑假，留校学习的人很少。我左右看看，几乎没有亮灯的房间。倒是几块阴影被我看成了顺着门缝流淌出来的血水，吓了一跳。好不容易拖着几近麻木的双腿下了楼，可宿管值班室的木椅上也只剩血水。

我颤颤地望向值班室对面的正衣镜，自己的脸因为惊惧而煞白，但至少没有融化的痕迹。

冷静，冷静，冷静。

得益于多次独闯异国他乡的经历，我的理智和勇气很快便回来了。

稍作判断，还是回了寝室。我尽量不去看地上那一摊，抓起几样东西——手机，身份证，还翻出几个口罩放进背包。

手机还有信号，但在手里一直跳来跳去，让我没法顺利拨号。后来才意识到是冷到没有知觉的手在抖。

120，占线。

110，占线。

保安处电话，没人接。

父母电话，没人接。

还有他。翻了一下通讯录，才记得两个月之前已经把他的全部通讯方式删除了。

过往　之一

我和津波相识在一年前。

食堂人很多，我端着盘子转了很久，最后坐在了他对面。我的嗅觉很敏感，人挤人的情况下，我是不愿意和男生在一桌吃饭的，尤其是夏天。但他看起来比较干净，身上的味道让我想起阳光晒过的书、发热的笔记本，还有冬天厚实的围巾。

那时我们都还是研究生，在各自学院因为不同的原因小有名气。我认出他的时候，他也认出了我。但他只是看了我一眼，继续专心致志地对付碗里的土豆。

我可不愿意放弃结识新朋友的机会，更何况是他。我拿捏好时间，在他快吃完的时候起身去送餐盘。这样送完餐盘转过身，正好直面也刚吃完的他。

“你好，是物理学院的津波同学吧？我在校报上见过你。”

他猛地抬起头，好像刚注意到我。

“嗯，你是那个，什么霜。”

“林霜，人文学院。”

“哦哦，你好。”

等着他把盘子递给食堂阿姨，我自然地和他一起往外走。

“为什么不选物理？”

得知我高中是理科生后，他突然发问。

“为什么要选物理？”我有些诧异。

“因为简单。”

“哦？听说咱们学校物理学院可是挂科率最高的哦。”

“我不是这个意思。喏，给我一张纸。”

树荫下，我们停了下来。我看着他写下了8组公式，A4纸还剩很大的一半。

“这是物理专业本科全部的基本方程。对，学了四年就学了一张纸都不到。”

“唔……”

“不觉得很神奇吗？世界这么复杂，运行起来遵循的不过也是一两条定理，而我们所做的一切，就是发现它。”

我笑了。他当然有资格这么说。当年物理竞赛保送至中国最高学府，不久后成了使用布鲁克海文实验室顶级科研设备的百位各国学者中最年轻的中国学生。

我与他正好相反。

如果整个宇宙可以用一个简洁的公式所概括，我大概会疯掉吧。

我喜欢语言。

语言是最变幻莫测的东西。它不是生命，却每时每刻都在吸食身边的一切，不断进化自身。人类文明的发展史就是语言的厮杀史，那些紧紧包裹着价值观念、生活方式、文化认同的语言在同类相残中或传播千里，或黯然消亡。最终呈现在这个世界上的，都是最有活力的语言。它们是不同文明的最鲜活的侧写，也在不断重塑着我们的社群和大脑。

所以，在经济实力无法支持常常跨省搬家的情况下，学习多国语言成了我逃离这个日益重复的世界最好的方式。这也使我被动成为人文学院的一个传奇。

也许是因为传奇间的惺惺相惜，那次相遇之后，我和他迅速坠入爱河。

第二次　巳时

“徐叔，我手机没信号了，你——”

回头一看，我的心跳瞬间漏了一拍：原本站着两个人的地方只剩一摊血水。

半个小时前我找到了几个幸存者，包括校车司机徐叔和一位值班老师。还有一个女孩儿，但她已经疯了，我们没能控制住她。

徐叔打通了家里的电话，得知很多地方都出现了同样的状况。电视广播都没有报道，社交网站则掀起了末日狂欢，甚至有人上传了人体融化的小视频。埃博拉、外星人、秘密武器……一时间谣言四起。

学校远在郊区，我们几个商量了一下，决定先开车去市里和大部队会合。只是还没出发，新一轮死亡已经来临。

我暗骂一声，在手机上把时间记了一下。

市里还是要去的，我得见到别的活人，我得获得信息。

不过我刚把驾照考出来，独自上路就是找死，面对唯一能用的校车更是无能为力。

思索对策之际，又一个幸存者出现了。

“小霜!”

看到扈导，我的眼泪一下子涌了出来。她是我的博士生导师，求学期间一直像母亲一样照顾我，甚至包容了我常常请假出国的任性。

“太好了，太好了，你没事。”

扈导紧紧把我抱在怀里，声音里也带了哭腔。

“老师，您怎么……”

“我从家里过来的，上头让我来接你。”

“接我?”

“别管了，跟我走吧。”她温柔地抹掉眼泪，带我上了车。

我像往常一样坐在副驾驶上。还没系好安全带，扈导就一脚油门驶出了学校。行驶的过程中，我一直仔细观摩她的动作。似乎感到了我的注视，扈导转头看了我一眼。

“怎么还戴着口罩？怕病毒啊？”

我脸红了，忙把它摘下来收好。

“没有说你的意思，明智的决定。不过这次没必要。”

“老师，我们去哪儿？”

“去机场。”

“为什么？发生什么了？”

扈导看着前方，没有说话。我也就知趣地没再问。

路上人和车都很少，偶然有几辆冒着烟停在路边。

“我这辈子教了三十年书。”

过了很久，扈导突然说。

“学生无数。有 3 岁的孩子、高中生、自考生，还有大老板，当然最多的还是你们大学生。”

我望着扈导，不知道她为什么提这个。

“你知道我说过最大的谎言是什么吗？‘你的孩子很聪明，就是不努力’。根本就不是。有的人就是不适合学习，有的人把老师当敌人，还有的人就是来买学历混日子的。一开始还跟他们生气，跟自己生气，后来也看开了。他们跟小霜没法比。”

“我……”

“都这时候了，你用不着谦虚。你是我教过少有的好孩子，语言天赋高，还好学。有点个性，也是好事。不得不承认，有的人就是能瞬间意识到发生了什么，还能搞出对策。但有的人，你什么方法都用上了，他就是不懂，不会，乱写。那真是当老师最挫败的时刻。”

“老师——”

“人类就是这样脑瓜不开窍的学生啊。考题就在眼前，倒计时已经接近尾声，却还浑浑噩噩，不知道在干什么……”

“老师，到底发生了什么，您能告诉我吗？”

“小霜。”

“嗯？”

“你会开车吗？”

我点了点头。

“万一老师也没了，你自己跟着导航开到机场可以吗？”

“老师……”

扈导看了眼表，把车停到了路边。

“还有十分钟，现在是遗言时间，各自说各自的吧。一会儿不管谁死了，记得给对方带着。你先下去。”

她打开手机的录音功能，自顾自说了起来。

站在尘土飞扬的路边，我也打开了手机。

“津波……”

过往　之二

津波很忙，相聚时间寥寥。

有那么几次，他在实验楼底下等我。路灯微暗，正巧在夜里照出他的身影和四周一圈花木，似乎少年本身在发光。

这个场景让我想起日语中的“花明かり”，意思是暗处盛开的樱花能够隐约把周围照亮。

他站在那里微笑，照亮了我世界的一角。

然后，我们会一起回到实验室。可做的事不多，只能聊聊。

“津波，为什么取这个名字？”

“我是在天津出生的。怎么了？”看我笑了，津波有些疑惑。

“第一次见面就想说了，这个词在日语里可是‘海啸’的意思哦。”

“啊？”

“日语里有很多汉字，可是表达的意思完全不一样。当然，汉语也借了很多日语词，像‘干部’‘哲学’‘教授’等等。这侧面反映了中日两种文明在漫长岁月中的相互影响。现代日语还有海量的西方外来词，同样也伴随着被坚船利炮敲开国门的历史。语言的变迁就是文明的轨迹。这是历时语言学。”

“哇。”

“还有地理语言学。在一些印第安语中，当你转述其他人的话，‘某人说’这个‘说’字便会根据不同情况发生词形变化来暗示这个信息是听来的、读来的，还是道听途说来的。印第安人生活在茂密的森林里，所以信息的来源非常重要，而汉语就没有这种语法。”

“这样。”

“津波，你不是总说物理是描述世界最客观的工具吗？语言其实也有这样的功能呢。我甚至觉得 Leonard Talmy 提出的力量动态理论可以发展成物理语言学……啊，你要是累了就休息吧。”

“不累，我喜欢听你讲。”

津波望着我微笑，可眼中的倦意已经很明显了。

“休息吧。以后再讲。”

“嗯……”

房间里很安静，只有几台仪器在低声轰鸣。

少年躺在我的腿上，像一只温驯的大犬。我轻轻抚着他的头发，心化成了一波汪洋。

时光就这样慢慢向前，仿佛永远流逝不尽。

第三次　午时

回到车里时，驾驶座上已经没人了。

我庆幸自己再次逃过一劫，也为扈导悲伤。她是国内语言学界泰斗级人物，如果真有什么事，该被保护起来的是她不是我。

座椅上脓血相混，也顾不了这么多了。我知道自己必须尽快赶到机场，不然下次铡刀落下的时刻不知道还有没有命担心弄脏衣服。

还好路程不远。

机场大厅血水横流，只在远方传来几声精神崩溃者的尖叫。

我把书包背好，直接奔向停放飞机的地方，几次躲闪不及溅起片片血花。

期待和家人团聚的老者，奔赴光明前程的留学生，第一次出国旅游的孩子。

对不起，对不起，对不起。

到达停机坪，真的有人在等我。

除了一位穿着西装的先生，其余五位全是飞行员。

“为了安全，人员备份应该更多一些才对。不过现在人手紧张，而且有更重要的任务。我们先登机吧……对了，我姓吴，负责接你和扈教授。”

“吴先生您好，我是林霜，扈教授已经……”

“我知道，正常。不过您真年轻啊。”

“这不重要。您能告诉我发生了什么事吗？”

“您先猜猜？”

“嗯，我猜地球正面临一个大危机。每隔两个小时就会有人死去，但死因不具有传染性。”扈导曾说口罩没有意义，而且没有阻止我接触尸液。

“还有呢？”

“间隔时间明显是按照人类的计时法，所以排除部分自然原因。但据我所知，人类也没有瞬间使人尸骨无存的技术。最后，大费周章来接几个语言学家，基本可以肯定是外星人入侵了。”

“厉害，我没接错人。”

“那也请您告诉我，死亡人数有多少？”

“半数人类。”

“哪一次？”

“每一次。”

飞机上，吴先生为我介绍了大体情况。

五个小时前，一个神秘物体从太阳方向逼近地球，距离很近时才被几所观测机构发现。北京时间上午七点整，该物体降临保密地点，悬空地面一米。与此同时，世界范围内37亿人口在10秒之内化为血水。死亡原因未知，筛选方式随机。

七点三十分，神秘物体被确定为人体湮灭的原因，降临国派出第一批武装力量。八点，各国科学工作者陆续抵达，同时紧急召集幸存科研人员。

九点，18.5亿人口折损，死亡原因未知，筛选方式随机。

九点十分，全体人员撤离现场。

九点三十分，某大国对该物体实施核打击。

九点四十分，该物体自行移动至远离核辐射的某保密地点，速度约为每小时180千米。至此，各国军队实施的破坏行动均告失败，科学工作者再次入场。

十一点整，9.25亿幸存者折损，死亡原因未知，筛选方式随机。

“也就是说——叫什么来着？”

“中文代号白矢。”

白矢，白羽の矢を立てる，传说如有少女被选为活人祭品，神明便会在其屋顶插上一枚羽箭。白矢已立，人类难逃。

“每过两个小时，那个所谓的白矢都要杀死世界上一半的人？”

“没错。”

“连原子弹都扛得住？”

“是的。”

“那还挣扎什么？快把我送回去，你这是剥夺我和家人享受最后时光的权利！”

吴先生笑了。

“别逗了，你是这样的人吗？遇见这么有意思的事你能安心回家？我今天见多了，都恨不得赶紧飞过去看看外星人长什么样。你们这些人啊，兴奋劲全写脸上了。”

我也笑了。

他一眼就看出，我讨厌一切简单乏味的事情。

过往　之三

如果不是津波，我不会在任何一所城市停留这么久。

我搭上 221 路公交车，挑了后排靠窗的位置，紧紧攥着手机。

窗外的风景还算新鲜，消去了一些心头的烦躁，但阴霾有增无减。

不用记录我也知道，这是山前市最后一条我没有见过的路。

往后，无论怎么规划、怎么绕远，我都只能去走曾经走过的地方。重样的建筑，乏味的风景，高度相似的人。

重复，重复，重复。

我厌恶重复。

你没有过这样的感觉吗？

驱车前往一个陌生的地方，即使速度一样，回程时也会觉得用时更短。

孩提时的一天漫长到无以复加，成人后在每一个新年才惊觉岁月如梭。

庸庸碌碌，按部就班，没有新的刺激，没有新的体验。我们的大脑也就懒得把这些放进记忆，主观上人们便觉得时间快了许多。

所以说，经历重复的事情就是在字面意义上偷走了我们的时间，这比吸烟、吃垃圾食品什么的可怕多了。

千千万万人宝贵的生命就这样被无情缩短，为什么还没有人立法防止这样的事情发生？

不，他们不会。天知道有多少人对安稳重复的生活求而不得。

津波就是其中一个。

我叹了一口气，看看手机，他还是没有回我消息。

我在实验室找到了他。不出所料，他又在盯着电脑看。

“做什么呢？”

“学编程。”

“怎么想起来学这个了？又不当程序员……”

“因为21世纪不会编程都是文盲啊。”

他不假思索地回应，丝毫没想到把我也骂了进去。

我已经习惯了。

“津波，我要去巴斯大学交流半年。”

他的视线这才从屏幕上移开。

“巴斯？”

“嗯，进修一下口译。”

“我不是和你说过了吗，学翻译一点儿用都没有。”

我没搭腔。

“你看你看，这是飞云公司新出的翻译软件，可以长时间记录佩戴者和交谈对象的话语并分析。有了实时语境，翻译的准确度会高很多，而且……”

他自顾自说着，品不出离别的意味，也完全没注意到我正拼命地压着眼泪。

这是最后一次尝试，它的失败意味着我不得不面对现实：津波从来没注意过我想要的到底是什么。

第四次　未时

特别行动组语言分组临时基地位于神秘物体西北部300米，后者被巨大的建筑工事严密包裹。进组前，我无缘一睹它的真容。

工作的地方是一个小礼堂。里面的椅子都被拆掉了，换上了几个大圆桌。五十多个人围着几张桌子有坐有站，显得十分拥挤。

我们进来时，几个中国人抬起头和吴先生点点头，算打了招呼。我认出几个语言学界的知名学者，还有专攻心理学和文学的教授。

我正要找吴先生要资料，屋子里突然安静了，接着响起了热烈的掌声。回头一看，一位巍巍老者现身。我立刻认出他是现今语言学界最珍贵的宝物乔伊斯先生。他的理论开创了一个时代，无数专家学者靠研究他或反对他而活。

尽管旅途劳顿，年逾九旬的乔伊斯先生仍然目光炯炯，精神矍铄。他在轮椅上探起身，向所有人微微颔首。

包括我在内，几个语言学家看到乔伊斯先生依然活着，都忍不住湿了眼眶。

“小霜?”

这才注意到，帮老先生推轮椅的是我在英国认识的小梅。

“师姐，没想到能在这里见面。”

“对呀。”

小梅师姐撇了撇嘴，表情有点怪。

没来得及叙旧，吴先生已经开始为新来的人提供外星来客的信息。

打开设备，一个纯白球体的全息投影在圆桌中间凭空显现，淡淡的光芒只能勉强照出各位学者的身影。

“这就是白矢?”

吴先生点了点头。

就样子来看，似乎叫“雾球”更为合适。我心想。

在球体的表面，开始出现密密麻麻的斑点。什么颜色的都有，每一个都是正圆形。那些星星点点的彩色渐渐变大，又仿佛是从球心向外飞来。圆点儿们成长的速度不一样，但都很快停止了变化。在这个过程中，每一个图案都与邻居保持了一定的距离。我看到几位教授的口型，他们在默数。

“各位不用着急，这是放慢的影像，具体数据稍后会提供。”

紧接着，所有的圆点儿伸出了长长短短的触手，在尖端相互接触、缠绕、溶解，像烟花在纯白的夜空密集炸开，也像百花突然一齐绽放。但又不完全一样：颜色在其中狂乱而自由地涌动着，一瞬间让我想起了凡·高的《星空》。

吴先生把画面定格在了这一刻。

“这样的图案在这几个小时里随机出现。如果有人在附近，它也会展现。我认为它在试图和我们交流。”

“每次的图案都一样吗？”

“所有的图案我们都已经记下来了，目前没有发现相同的。”

坐在下面的吴先生一摆手，球体上的图案迅速变化。

“有没有发现什么变化规律？”

“统计学意义上的规律还没有发现。这是数理组那边的初步分析。”

吴先生调出另一个画面，我看到了几百条公式和数值。

斐波那契数列、黄金分割比例、星图、真空光速、电子质量、普朗克常数……

每一条后面都跟着一个血红的叉号。

我突然想到津波，他一直坚信数学物理法则是跨文明通讯的第一选择。

不知道他在哪儿，是否还活着。

这时，吴先生的话打断了我的思绪。

“乔伊斯先生，两个小时前我们已经把部分资料传给你们那边了，不知道‘瞳朦’有没有什么发现？”

在大家期待的目光中，乔伊斯先生轻轻摇了摇头。

失望的叹气声响成一片，但我并不意外。

乔伊斯先生的理论完全是基于人类的脑结构和心理基础。地球上碳基生命之间的语言有共性我信，可是放到外星生物身上就不一定灵了。

再说了，如果曈朦真的已经破解了这门语言，乔伊斯先生还用千里迢迢跑到这里来和我们讨论？

“咳咳，”小梅清了清嗓子，“大家别急着失望，来之前我们讨论过，程序没有问题，路子也是对的。机器认出这是一门语言而不是随机数。但是我们缺乏条件。结构，格式，断词、断句的方式，甚至一两个词语的意思都可以。只需要一点点规律，我们就能破解出这门外星语言。”

“什么意思？”

“吴，”乔伊斯先生终于开口了，“我们必须见白矢，当面。”

过往　之四

在巴斯交流期间，我又跑去了英国其他几个大学听课、当助教。

最后一个月，我就是和乔伊斯先生与小梅师姐一起度过的。

乔伊斯先生是转生语法的创始人，退休多年还坚持讲课，同时特别欢迎别人的质疑和反对。上他的课，我受益匪浅。

在传统的语言学理论中，人们倾向于“描述”语言。就像中学生常用的语法书一样，理论中充满了条条框框，完全无法展现语言的丰富与精妙。而乔伊斯先生他们则抛开了外表化语言，研究全人类共同的内在性语言，即以心理形式体现的人脑对语法结构的认知。他们强调从认知学的角度对人类语言共性进行解释，认为语言有生成能力，是有限规则的无限使用。

随着计算机技术和人工智能的发展，乔伊斯先生甚至开发了一套分析语言内在规则的程序，想借此找出人类语言的共同公式——这听起来很像津波会做的那种事。

我给那套程序起了个中文昵称叫“曈曚”，指的是太阳将出、天色微明的样子，寓意此物将带来人类语言真正的黎明。乔伊斯先生很喜欢。

除了学习，大部分时间我都和小梅师姐在一起。她是乔伊斯先生的博士生，平时也负责推着乔伊斯先生四处讲课。

小梅性格豪爽、外向，经常带我到处去玩。阴雨连绵的日子就拉着我喝酒。我不胜酒力，常常喝两口就不省人事。但酒精带来的奇幻体验着实让我沉迷了一阵，可以暂时不去想津波。

不过，分开之后津波似乎进步了不少。

消息常常秒回，说话也开始懂得照顾我的感受。一方面不再提翻译无用论，另一方面对我生活的点点滴滴也关心了起来。这是个难得的变化，之前总是我努力找话题，可没说几句就聊不下去了，而现在，我常常和他聊到深夜。

我和他分享我在英国所看见的一切，谈乔伊斯先生的理论，谈小梅师姐家里养的花猫；分享未来要去的每一个国家、每一座城市，具体到参加烟火大会穿什么图案的浴衣；分享孩子的名字和婚礼的细节，甚至未来小家的布局……

他是那么有耐心，在每个异国他乡的深夜给予我温暖。

阳光晒过的书、发热的笔记本，还有厚实的围巾。

每一个恋恋不舍的“晚安”过后，我对他味道的思念就更深一分。

第五次　申时

需要实地接触白矢的机构很多，许久才轮到语言组入场。

每穿过一道关卡，我的心跳就加快一重。

我以为我会见到一个浮在半空的奇异行星，恣意绽放的图形仿佛快进千百倍的原野之春，在其中流转的色彩则像木星表面的风暴一般呼啸。

我甚至有一种奇怪的预感，在我面前，它会做出不一样的反应，它会回答我的话。

五六台笨重的仪器挡住了视线，移开之后，我们终于来到了它的面前。

原来，这个飞跃无尽深空的来客，屠尽无数生命的冷酷杀手，神明射向祭品的无情箭矢，竟是一颗纯白珍珠。

借助现场的透镜，我意识到那是透明的外壳里充满了白色的迷雾，深深隐藏了内容。

我有些不知所措。军方总是像挤牙膏一样透露他们以为足够的信息，但他们忽略了生命的形态与大小对语言来说是多么重要。

在放大的图像中，它一瞬间完成了圆点的出现与绽放，完成了一次书写。我还没反应过来，色彩即刻消失，然后又是一次出现。接连五次，也可能更多，它出现与消失的速度超过了人眼的承受能力。不过没关系，这些都被现场的监控设备记录了下来，并立刻连入乔伊斯先生的软件进行分析。

隔壁操控计算机的小梅很快发来了消息，没有重复的图案，一个都没有。

其他语言学家也做了常规测试，但我知道这没用。

语言不只是干巴巴的文字。在交流的过程中，各种各样的属性都会影响我们对语言的理解。

声调、重音、节奏感、屈折性。在不同的语言中，每一种属性的功能负荷量也不同。

在超音段音位学中，中文被视为声调式语言。阴平、阳平、上声、去声，音调变了，意思也就变了。与之相对的，英文单词声调的改变则不会产生这样大的影响。作为语调式语言，英文整个句子的语调才是改变意思的关键。

如果不知道这一点，生搬硬套母语经验的英语者仅凭中文的语音语料很难做出正确分析——在他们看来，仅有音调不同的字词怎么会有其他意思呢？

把范围扩大一点儿。

在大多数有声语言中，交流主要靠语音，手势仅为辅助中的辅助，功能负荷量很小。

在手语领域中，手势则承载了绝大部分信息。

如果一个天生聋哑、与世隔绝的部落拿到了人类社会的影像资料，他们的关注点也会自然而然地落在手势上，又怎么会知道一张一合的嘴巴正在源源不断地吐出信息流呢？

把范围再扩大一点儿。

盲蛇不识文字，蝼蚁视碑为壑。

在人类的世界里，鲸歌寂静无声。

再大一点儿。

缓慢的地壳运动可能是星球文明跨越千年的书写，而傲然隆起的峰峦则是它们绵延万里的句读。

对于白矢也是这样。

只有亲眼见过的人才知道，它是一种完全不同的生命类型。它的视野有多大？它的眼睛在哪里？或者说，它有眼睛阅读文字，有耳朵听懂语音吗？

这么说来，它周身绚烂的图案，真的是文字吗？

“你是说它的语言可能是其他形式？”

我点点头。

“温度变化、辐射、其他物理形式的变化或是散发出的什么东西，可能是我们肉眼看不到或者是听不到的。”

“可瞳朦已经认定那是——”

“那只是分析人类语言的工具！它可是——它怎么可能和我们一样！”

我在心底不允许它和我们一样。

曾经的梦里，我发现自己站在一个陌生的星球上，茫然不知望向何方。那时的我已经踏遍了宇宙的每一个角落，向哪里走都是重复的风景。

不，宇宙的多样性不可能这么差。

乔伊斯先生和吴先生也同意了我的看法。“各部门注意，现准备验证六号假设。”

过往　之五

津波的转变令人欣喜，但随着时间的推移，我总觉得有什么不对劲。

直到临近回国的一日，乔伊斯先生邀我去喝下午茶。

原来，他从小梅那儿拿到了一个叫“电子诗人”的小软件，是30多年前一位中国工程师开发的，可以自动写诗。现在可以用人工智能写诗的程序不少，但在那个年代使用DOS系统编出这样的软件，乔伊斯先生觉得很有意思。

“林，最容易被电脑抢走工作的艺术家，恐怕就是中国现代诗人了。”

想想也确实如此。

一来与别的文学形式相比，诗歌几乎没有语境，不必讲求逻辑，二来汉语也有着比较独特的语言学特性。

在地球数百种语言中，由印欧语系发展而来的多为屈折语。

与汉语不同，它们常靠词形本身的变化来表达信息。扎克伯格一句“I was human”引来无数猜测，就是因为它比“我是人类”多表达了过去这一时态信息。

屈折特征较强的语言中，一个词就能展现出事情发生在过去、现在还是未来，语态是主动还是被动，动作的主体是男人、女人还是小孩，是一个人、两个人还是一群人，甚至还能表现出说话人的情感与取向。

再加上无数介词助词，英语这种形合语言将逻辑和情景牢牢锁在每一句话中。

但汉语不一样。词形不会随着情景变化，这就意味着同样的单字能够根据情景做出无限解读。

以“树”字为例，作为名词它可以是一种植物，作为动词它可以“树”桃李也可以“树”劲敌。它不受时间、地点和主语的限制，同时拥有广阔的隐喻空间。

此外，作为意合语言，汉语中的逻辑和情景往往是隐含在字句中的，极其依赖语境消抹歧义。现代诗几乎没有语境，那解读的空间就很大了。

人会不自觉地将三点之物看成面孔，心理学家称之为类脸性；而意合语言母语者将随机单字组合脑补成有深远意义诗歌的特性，我给它起了个名字叫“类诗性”。

乔伊斯先生哈哈大笑，他夸我是一个起名专家。

回到住处，我突然意识到哪里不对了。

我调出几个月来和津波的聊天记录，很快发现了无处不在的违和感从何而来。

津波的话总是很短，多为对我的回应，很少涉及他的生活。

有那么几处模棱两可、答非所问的句子，都在类诗性的影响下被我自动理解为另有深意。

这只是一个猜测而已，我对自己说。也许津波只是不善言辞，也许他的生活太过规律而没有什么新鲜的事情好说。

“津波，你能讲讲我们初遇的那天发生了什么吗?”

“具体的记不太清了。”

“你的实验室是什么样的?我上次提到地理语言学时是怎么说的?”

“呃，具体的记不太清了。”

叙事，描写，转述。大段汉语文字需要极强的内在逻辑，显然屏幕里的“津波”没有这个功能。

这么久以来，到底是谁在和我聊天?

回国之后，我立刻去找了他。

“津波。”

“嗯?”

“这是怎么回事?”我调出聊天界面给他看。

“啊?什么怎么回事……”他明显有点心虚。

我当着他的面发出几个字，立刻收到了回复，而眼前的男孩甚至没有摸手机。

“呃……被你发现了……”他脸红了。

“不解释一下?”我压着火气，但声音有点抖。

“嗯……其实是我之前和你提到过的实时翻译软件，它会通过收集长时间的会话数据来提高翻译精度。我稍微改造了一下，它可以分析这些会话数据来代替你进行反应。然后我还根据网上的‘哄女孩大全’稍微调整了一下……”

“多久开始的?三个月前?还是我一到英国就开始了?”

“嗯……其实早就开始了。不过之前只是偶尔用，你到英国以后就一直在用……”

我闭上眼睛，深吸一口气。

“津波，你要是不爱我了可以早说，分手就是了。”

他沉默了，我的心一沉。

“我猜对了？”

“你怎么会这么想。我实在是很忙。费力开发这个软件是为了让你开心。”

让我开心？

在英国的一点一滴，我都分享给了谁？未来的旅游计划，是谁答应我一同前往？生病难受的时刻，为我嘘寒问暖的又是谁？

那些深夜里的彷徨、大千世界孑然一身的孤独和被无尽重复掏空生命的无奈都曾在他一次次的抚慰中消解，有求必应的话语也曾是我安全感唯一的来源。

现在想来，所有的温暖不过来自于被窝中发热的手机。

我的胸部起伏剧烈，泪水几乎夺眶而出。

看到我的样子，他皱起眉头。

“只是小事，不要生气了，我以后不用就是了。”

“那你道歉。”

他沉默了一会儿。

“我没觉得有错。我陪你和 AI 陪你效果是一样的啊。”

“我要你亲口说。”

“哪怕是一模一样的话？”

“怎么会一样呢？在你眼里，人类语言是算法可以轻易模拟的吗？”

他又不说话了。

“你是不是觉得语言只是工具，研究没有意义，翻译更是迟早要被淘汰，就你们物理有意义？”

他盯着地面。

我咬紧嘴唇，希望一辈子都不要再见到他。

第六次　酉时

很快，数十台更精准的仪器换到了小间，不间断测量它可能发出的其他形式信息。此外，各颜色的数值也被量化，成了计算机中一股股数字流。先做简单的规律测试，再在乔伊斯先生的软件中进行分析。

“声波？”

“无效数据。”

“光强？”

“无效数据。”

“电磁场？”

“无效数据。”

……

无效数据，无效数据，无效数据。

“靠。”

最后一个希望也破灭后，我忍不住把所有资料砸在了桌面上。

小屋里已经没几个人了。乔伊斯先生独自在角落沉思，而吴先生早已在领我们回程的路上化作了春泥。

我现在改了主意：这个小珍珠就是一个纯粹的屠杀机器，什么语言，根本就不存在。而我在里面度过的时光，完全就是浪费自己生命里最后的几个小时。

“小霜，终于想明白了？”

小梅师姐不知什么时候过来了。她浑身散发着酒气，一把揽住我的脖子。

“世界末日就该有点世界末日的样子，挣扎什么呀。”

我抓过她的酒瓶，猛灌了一口，辣得眼泪直流。

“这就对了嘛！喝了这个，什么黑矢白矢，都给我滚出地球……”

她四处分发酒瓶，除了乔伊斯先生，每个幸存者都喝得烂醉。

“还有多久？”

师姐打了个嗝儿，坐在我身边。

“十分钟。”

“现在呢？”

“九分钟。”

“现在呢？”小梅立刻又问，哭了。

我沉默了。

随着又一个整点临近，末日狂欢派对变成了死刑执行现场。

大家三三两两地坐在地上，有的人念念有词，在胸口画着十字，有的人在写遗书，但又突然想起读者早已先一步离去。

“现在呢?”

“五分钟。”

“啊，五分钟。”

小梅再也受不了了。她站起来，摇摇晃晃向窗口冲去。她忘了这是二楼，得不到想要的解脱。

我想提醒她，可白矢的图案重叠在小梅蹒跚的躯体前。我知道这是酒精的作用。

各色的玫瑰在球体里旋转盛开，伸出细小的触手彼此纠缠，在每一个交叉口都长出一张变形的脸。我变得比草履虫还小，站在未知材料铸成的保护壳下，痴迷地望着半张狂乱的天空。那些面孔都转向我，眼睛流淌出眼睛，双唇嵌套双唇，它们都在和我说话。我伸出手，想要触摸这有型的语言……

“小霜!”

一片沉寂中，熟悉的声音把我拉回现实。有人推开大门，气喘吁吁地站在门口。

我猛地回头，是津波。

不顾满屋绝望的泰斗前辈，不顾滴滴作响的死亡倒计时，不顾最后那场激烈的争吵和分离两个月的隔阂，他在看见我的瞬间飞也似的向我冲来。

哽咽着，紧紧抱住了我。

我还没有原谅他，但早已不再重要了。

阳光晒过的书、发热的笔记本、厚实的围巾。

他的味道一如往常。

“对不起。对不起。对不起。”

他把头埋在我的长发里，摩挲着，一边哭一边把什么东西往我身后的包里塞。

“我才知道你在这里。对不起。对不起！”

“没事了，都没关系了。”

真的什么都没关系了，在他的怀里，我什么都不怕了。

“我写给你的东西，一定要看。”

“我不看。我要你亲口念给我听。”

我用尽最大力气回抱他，我要把他的气味揉进每一寸肌肤里。

“在未来，让我的AI陪你吧。”

第七次　戌时

少年开始在怀中融化。

他的头一沉，落在了我的肩膀上，黏稠的液体流进了衣物，贴着皮肤滑下。我紧紧抱住的躯体曾是那么坚实，突然变得柔软异常，双臂嵌入肌肤，甚至触到了肋骨。但那只是一瞬间。骨头、皮肉、衣物，属于少年的一切顷刻间化为脓血，随着身躯的倾倒瀑布般浇满我的全身，然后混着其他人的遗迹顺着略微倾斜的地板流向田野。

我整个人跪倒在地。

身体的一部分在撕心裂肺地叫喊，但另一部分早已游离于这个世界之外，冷静地看着浴血崩溃的自己。

一个念头冒了出来：在下个时辰到来之前，我一定要看看津波写了什么。

部分血水顺着拉链的缝隙流进了背包，所幸字迹没有污损。

他的笔迹和性格一样一板一眼，像刚学会写字的小学生。我的手在抖。

小霜，对不起，都是我的错。我明白，是我太自私了。我一直认为，世界是物理的，遵循着不可逾越、万物平等的规律，所以人和人也不会相差多少。但我错了。是你教会我每个人的内心都有一个真正独立的世界，都有外人极易忽视、自己却视之为珍宝的东西……对于你来说，就是语言和万千变化。它们与我所珍视的物理和和谐稳定一样，都是有价值的，值得尊重的。是我不懂得换位思考，看不清你的世界。对不起。

没关系。真的没关系。

我的眼泪缓缓流下来，冲刷掉了脸上的血污。

对了，我有一件礼物想要送给你。我准备好久了，希望可以让你在这个你不喜欢的世界里好受一点儿。

我想告诉你的是，在我们所处的空间里，万物都在变化当中。温度在变，湿度在变，气压在变，光压也在变。空气中布满了分子、细菌和病毒，还有可见和不可见的尘埃。哦，还有电磁场。无线电和微波无时无刻不在穿过我们的身体，掌心大小的区域里就会有几十个

来自宇宙深空的电子。

看似平静的水面，各色分子翻滚不息；看似坚固的物体，实则是一汪电子海洋。还有各类元件中奔涌的电流、生物体不断生长的发丝、永远在前进的时间……万物从来没有一刻是重复的。

小霜，从这个角度来看，世界也没有那么乏味不是吗？

哭了不知多久，我才恍然回过神来。

大口呼吸着污浊的空气，我躺在原处，还在回味刚刚的一切。

短短25年的生命在脑海中闪回，最终浮出水面的只有寥寥几个词句。

津波。语言。AI。

乔伊斯先生。曈朦。屈折性。

永远在变化的世界，永远在变化的花纹。

那是一个全新的可能。

我一下子坐起来，心怦怦直跳。四周一个人都没有。发丝混着血水一缕一缕贴在脸上，我也顾不上整理。

稍作搜寻，我找到了吴先生的对讲机。他一直靠这个与几位重要人物沟通，他们再根据各个工作小组的提案来协调行动。

只是人类大部分优秀的科研工作者都已经牺牲或崩溃了，我不知道一会儿谁能听到我的声音。

饥饿，恐惧，悲伤，痛苦。我拿着对讲机的手在发抖，但脑海里一条思路异常清晰：

无论是人称、时态还是语态，每多携带一种情景信息，屈折语的信息密度就会增大一重，学习难度也会呈指数上涨。

汉语也曾是一种屈折语，同一中心意思的词语也有无数独立变体，例如古汉语中的“骠骢骓骐骥”。难学、难记，字形变化多端，规律细致庞杂。因此，随着时间的推移，各国语言几乎都在向分析语发展。现代英语还保留着一些屈折变化，汉语的单字在交流中则完全不会变形。

“我代表语言分组在此做出七号假设：白矢的花纹很可能是一种屈折性极强的语言。就复杂性来看，单字的变化不仅反映了常见的时态、语态和人称，也许还包含了辐射强度和温度等周边的物理属性。它们的千变万化使得单个文字的重复性急剧下降，表面随机性骤升，因此我们找不到两个相同的图案，规律也无从谈起。建议收集白矢周边环境数据录入瞳朦，从屈折性角度进行分析。假设完毕。”

如果是真的，这将是世界上最复杂的语言，每一句话都精准无比。类诗性无法发挥作用，津波设计的语言 AI 也永远无法模拟。

但这同时也是最美的语言。它完美映射一切外在环境和情感体验，创造出的每一个字都新鲜无比，表达出无数独一无二的世界。读懂这个文字的人，就理解了那一瞬间你的一切。

时间一秒一秒地过去，设备对面一片寂静。我没有失望，面对这个谜题，我已经尽了最大的努力。

我又躺了回去，把信纸捧在怀里，期待不久之后与津波重逢。

又过了几秒，对讲机里传来了乔伊斯先生的声音。

“林，这个假设很好，来白矢这里吧。”

我赶到时，乔伊斯先生已经在重启瞳朦了。

白矢身边早已布置了各类精密仪器，我稍作调整就得出了所需的环境参数。在乔伊斯先生的调试下，曈朦很快给出了参数与花纹的对比分析结果。

和我之前想的一样。

白矢文明所拥有的是一种密度极高的信息传播体系。它的每一个词语都随着时间、空间、温度、湿度、辐射强度、引力和光压的变化而变化。当然，乔伊斯先生认为还有一些人类未能正确认知的物理参数。

这些变化不是机械性的，我更倾向于认为那是白矢对这些微妙改变所做出的情感反应。就像有的人见到滔滔江水会壮怀激烈，听到细雨连绵会暗涌愁思。

接下来就是曈朦的精细运作和反向运作——解读具体文字，给出我们的回答。

半个小时后，朵朵墨花在我手中的屏幕绽放，那里写着我们的历史，我们的文明，还有对生命的渴望。

奏效了。

在一老一少的注视下，这个屠尽亿万生命的异星杀手隐去了自己的身形，在空气中消失得无影无踪。

整点的钟声敲响，我和乔伊斯先生相拥而泣。

余波　终局

事后想来，全世界最早猜测出白矢目的的人是扈导。

在交给我保管的录音里，她再次提到人类是一个不开窍的孩子，面对考试莽莽撞撞，在倒计时接近终点的胁迫下手足无措。

我和乔伊斯先生也认为，白矢很可能就是一个文明测试，测的是语言和科技。或者说，在它看来两者本为一体。

科技水平决定了我们能测出多少种变化的环境参数，语言学水平决定了我们能否利用它顺畅表达。每隔两个小时湮灭一半人类的做法则可以看作残酷的倒计时和强劲的推动力，以最快的速度逼出这个文明的整体水平。

是的，整体水平，不是最高水平。

语言本身就是体现世界整体文明程度的最终标准。得以在世界范围内流通的文法和词汇，反映了整个人类最普遍的认知水平。“电脑”“AI”“量子通信”“虚拟现实”，只有曾经的前沿科技、专有名词随着文明发展进化成日常用语，才意味着人类整体向前更近一步。文学名著、哲学名作、诗词名篇，只有超越时代的伟大作品终为世界的大多数所接受并奉为经典，才说明这个物种的精神文明平均水平再上一层。我们侥幸通过了这场测试，代价是数十亿人的丧生。

走在充满奇异花香的街道上，我收到了乔伊斯先生的邮件。是对白矢信息的进一步解读。

和当场破译的相同，白矢的花纹大部分都是一些喃喃细语，在说一些感受，感受这里的风光和独特的物理环境。

我发给津波的AI看，我说这个文明可能和我一样极度厌恶重复，它们放大自身的感官去感受世界一切细微的变化，借此来拓展生命的长度。它学着津波的语气夸我，还说别忘了明年3月要一起去北海道旅行。

我笑了。在最后一次见面前，津波把我在英国所有的聊天记录都看了两遍，记下我想去的每一个地点，查好攻略，认真录进了 AI 的数据库里。

我会去我们约好的每一个地方。在不能旅行的时候，我会像津波教我的一样，认真感受这个世界一点一滴的变化。

对了，如果有机会，我要飞上太空，去寻找白矢的家乡。

阳光晒过的书、发热的笔记本，还有冬天厚实的围巾。

无论走到哪里，他的味道我都不会忘记。

参考资料：

[1] 许余龙 . 对比语言学 . 上海外语教育出版社，2010.

[2] F. Ungerer 等 . 认知语言学入门 . 外语教学与研究出版社，2001.

[3] Stephen C. Levinson. Pragmatics. 何兆熊，导读 . 外语教学与研究出版社，2001.

注：部分理论做了艺术化处理。

风言之茧

春之初，宜化茧成蝶，挣脱束缚。

一

我在首都机场飞奔，一手拉着登机箱，一手拉着妹妹杨枫枫。枫枫香草色的香奈儿羊绒开襟衫和鲜艳的春节氛围很配，鞋跟嗒嗒嗒地落在自己的影子上。

“快点，登机时间马上就结束了。”

“嗯嗯！”妹妹嘴上答应着，却还低着头处理聆风助理 App 里永远没有尽头的工作消息，任由我拉着她往前跑。

好不容易到了登机口，我猛地停下来，感到妹妹瘦弱的身子骨轻轻撞在肩上。这里旅客还不少，都悠闲地坐着看手机。我按住剧烈起伏的胸口，看到登机口旁的小屏幕显示登机时间在 10 分钟后。奇怪，刚才收到推送时，明明看到飞机就快起飞了。我掏出手机打开聆风助理，首页提示的时间和机场一致。

大概是之前看错了吧，毕竟人类的记忆力肯定比不上手机。我松了一口气，幸好来早了，不然就妹妹的拖延程度，俩人绝对赶不上回家的飞机。对了，妹妹呢？

枫枫蹲在充电桩旁边，已经给笔记本插上了电源。她就像一棵会跑的趋水植物，找到合适地方就会自动进入用电脑办公的状态。真是见缝插针。

“马上就登机了，不差这一会儿！”

“嗯嗯！”妹妹又说，眼睛还是没有离开屏幕。

看着她认真工作的样子，我叹了口气。

上一个春节假期，我们还是一年见不到几次面的亲戚。明明同年生人，妹妹是一个稚气未脱的学生，而我已经工作三年了。在奶奶家聚会时，小叔总是一副恨铁不成钢的样子。

“你看看你，读了这么多年书，还一点儿出息也没有。工作工作不找，给你安排进事业单位也不去。你说你到底想干啥？想上天？”

妹妹低着头不吭声。

“唉，也太不让人省心了。看看你堂姐菲菲！本科毕业就进了大公司，就是出‘聆风互动’的那个，现在都当上小领导了，可给咱杨家争光了，你说是不是？”

“啊？没有没有，”埋头吃饭的我一个激灵，赶紧摆手，“我就是不爱读书才去打工的。妹妹学习那么好，有没有考虑读博呀？”

“她还是算了吧，女孩子读书有什么用？”小叔把酒杯往桌子上一搁，突然来了主意，“菲菲，你能把你妹安排进聆风吗？”

“这……”刚想说北京的互联网大厂可不是什么讲关系的地方，我突然对上了妹妹的目光：又怯懦又迷茫，充满了对未来的恐惧。我想帮帮她。

那几天，我翻了好几本妹妹的专业书，把一封信和一千元人民币放在红包里，压在她枕下：

枫枫，你想来吗？我觉得你会喜欢。

记得你不是在学语言学吗？我一直觉得互联网和语言一样，都是一种信息的交流形式，或者说语言本身就是最原始的互联网。过去，进化赋予文明可以精细书写的手指和精确控制气流的发声系统，人们便靠共通的符号和音节把藏在心里的话表达出来，实现彼此的情感联结。现在在卫星和海底电缆的帮助下，互联网也在做同样的事情。信息的加速流通造就了世界范围内的"共同语言"，你和大洋那边的人也能理解对方，为同样的故事动容，不是很酷的一件事吗？

你愿不愿意来看看，这一切到底是如何发生的？

回北京的高铁上，我收到了妹妹肯定的答复。

二

妹妹硕士学的是应用人类学的语言文化方向，在校成绩很好。尽管没有相关实习经历，我还是成功把她内推进了聆风科技的产品经理岗做实习生。因为亲属回避原则，我和她尽管都是 PM 的角色，但所属的业务线差得很远，手上负责的 App 也不一样。

上班的第一天，妹妹穿了一身廉价灰色西装，皱皱巴巴的，怀里紧紧抱着公司刚发的 MacBook。用工卡刷开公司的大门后，她就低着头贴在我身边。我当时绝对想象不到，仅仅不到一年的时间，“杨枫枫”三个字会在这家人才济济的互联网大厂变得如雷贯耳。

“不用害怕，这里没什么规矩，穿你平常的衣服就好。”我带她转了一圈食堂和行政处，教她用茶水间的咖啡机，最后回到我的工位，“别紧张，有什么事就来这里找姐姐。”

妹妹点了点头，八字刘海儿落下来，把眼睛都遮住了。她就这样抱着电脑站在我身边，一动不动，也不说话。

“去吧，”我轻轻抱了抱她，“你的 mentor 已经在等你了。”

那天晚上，妹妹很晚才下班。我在公司楼下的便利店坐了一个小时，用来暖手的咖啡都冷了。11 点钟，我终于接上了妹妹。打开聆风叫车 App，排队的人足足有 200+。我一狠心加了钱，叫了最贵的聆风专车，这才在午夜前回到了两人一起租住的一居室。

刚放下包，妹妹就脸朝下倒在床上，闷闷地哭了起来。

我来不及脱外套，赶忙弯腰安抚。“怎么了？有人欺负你吗？”

妹妹摇摇头，脸埋在被单里。

“还是上班不适应？”

“我……我不想上班。”细细小小的声音从床上挤出来，这是妹妹今天对我说的第一句话。

我坐在床边，伸手轻揉她的短发。“我理解。社会和学校差别很大，总要有个适应的过程。”

“我也不想上学。”妹妹又说。

那你到底想干什么，想上天？小叔的嘴脸浮现在脑海中，我把嘴边的话咽了下去。“为什么？多说一点儿，也许姐姐能帮你。”

妹妹抬起头，眼泪和鼻涕糊在被单上，脸颊和鼻尖都红红的，声音委委屈屈。

“姐姐，你之前不是说互联网是加速信息流通、让全世界都能彼此理解的事业吗？为什么我连同事的话都听不懂。什么 PRD、Fe、DAU、UGC，还有‘符合预期’‘同步’‘拉齐’‘长尾’，我一句都搞不明白，就像傻子一样。”

“我还以为是什么事呢，”我笑了，坐在妹妹身边，递过一张纸巾，“每个行业都有自己的术语体系，你在这个环境里多工作一段时间就好了。而且你还没跟研发同事沟通过吧？那些人说话才叫难懂，姐姐也经常需要他们解释呢。”

“其实道理我都知道。”妹妹擦了把眼泪，深吸一口气，起身去卫生间洗脸。

第二天，妹妹很早就起床去公司了。收拾床铺时，我在枕下摸到了妹妹留的一张明信片。

姐姐，我硕士论文的主题是“术语化的世界”。多么令人悲哀啊：小的时候，我们读百科全书、世界名著，学的词语是“宇宙”“星星”和“爱”；上了小学，世界的基础被分成了“语文”“数学”“自然”，依然覆盖了万物的绝大部分；高中文理分科，大学专业分流，硕士选定方向中的方向，博士钻研一点中的一点。马变成驹、骓、骁，云要分积、层、卷，心化为动脉、静脉、瓣膜。这就是我不想读博的原因啊，钻研的东西越来越窄，眼睛就盯着几个别人看不懂的名词。就好

像，就好像我们从寰宇受到引力的影响下落，一开始星辰万物尽收眼底，后来视野里只有地球，接着山川河流扑面而来，然后是城市……最后的最后，我们就落在了一个小小的格子间里，不管是工作还是读博，只能在一个小圈子说一些旁人不懂的"术语"……信息单一造成语言茧房，我不知道有什么意义。

我第一次听到妹妹的心声。又一个加班结束的夜晚，两个人仰面躺在床上，她看着星空，我看着她。往年家庭聚会，我只当她是还没出社会的小孩，没想到心里还装着这些。作为一个合格的"社畜"，我该劝她"接受现实、赚钱要紧"吗？可我说不出口。工作三年来，我的语言已经像她说的那样术语化了，张口闭口 ROI、OKR、DAU，跟走上不同行业的亲友隔阂越来越大，甚至和父母都没法顺畅交流。妹妹还在犹豫观望，我已深深住进了茧房。

但是每一天，妹妹都会早早起来上班。两个月后，她提前转正，搬了出去。又过了几周，疫情卷土重来，北京全部互联网公司进入了居家办公模式。

我每日在小小的出租屋工作、生活，妹妹偶尔会在聆风办公上给我发消息，但是频率越来越低。那张明信片里的话仿佛是别人写就，妹妹的职级接连上升。

三

故乡发了很罕见的大风预警，我和妹妹还是按时赶到了爷爷奶奶家。这里年味儿还是那么浓，小婶和母亲摆了满桌饭菜，温柔的香气让我一秒回到了童年。

春晚的背景音响起来了，这是开饭的标志，亲人们围着大圆桌坐了下来。不用开口我就知道，大家的话题大概和几年前没什么区别：爷爷用难懂的方言回忆年轻时的艰苦岁月，小叔和父亲大谈国际形势，小婶则坚持要在过年期间说吉祥话——每次有人不小心摔了碗勺，她总要第一个冲上去喊“碎碎平安”。这么多年过来，如此相似的春节开始在我的记忆里混在一起，逐渐变得乏味。听者尚且如此，大家每年说一样的话，不会腻吗？

妹妹自然而然地坐在我身边，推开自己的碗筷和面前的鲤鱼，把笔记本电脑摆在了年夜饭桌子上。我第一次近距离看妹妹的办公电脑：虽然只跟了她一年，但键盘上有三分之一的按键都磨透明了，外壳和触摸板有十几道深深浅浅的划痕，摄像头被不透明的胶带层层裹住，在显示器上鼓起了一个黑包。我有一种奇怪的感觉，就好像这台电脑是妹妹无比痛恨又无法摆脱的东西。

小婶端上饺子，看到妹妹还在键盘上敲敲打打，立刻皱起了眉头。小叔倒是一脸享受。

“哎哎哎，让孩子干吧。底下管着百十号人也不容易，大大小小是个领导，别人想春节加班，公司还觉得加班费不值当呢！”

我放下了筷子，嘴里的肉突然没了滋味。妹妹听了这话也不舒服，还是紧盯着屏幕，一个眼神也不给小叔。见没人理他，小叔更来劲了。他在杯子里满上酒，目标转向了自己的兄弟。

“大哥，这杯我得敬你！要不是你家菲菲介绍，那小丫头片子还在家里蹲！现在的孩子啊，就是该吃点苦。你看枫枫出去磨炼了一年，就一年哈，哎，就混进了领导班子。咱家都是知恩图报，回头枫枫再给菲菲美言几句，她在公司也干了四年，没有功劳也有苦劳——"

"你少说两句吧！"妹妹突然大声打断了小叔，全家人都愣住了，一时间房间里只剩电视里主持人的报幕声和窗外呼呼的风声。

"大人说话小孩插什么嘴？翅膀硬了是吧？"小叔立刻火了，"饭也别吃了，去房间闭门思过！"

妹妹瞪着小叔，猛地站起来，木凳砸到地上发出巨响。

"不许拿电脑！"

随着妹妹摔门而去，饭桌上再次陷入寂静。不过大人们很快又聊起了陈芝麻烂谷子，掩饰尴尬的尬聊更显尴尬。话题很快转到了聆风的王牌产品——个人助理 App，春晚正在播放它的广告。

"聆风聆风，聆听你的心声。"

这是妹妹拍板定下的 Slogan。在她的领导下，"聆风助理"从公司边缘的内部产品一跃成为吞掉全部业务线的超级 App，整合了包含打车、外卖、记账、健身、社交、娱乐在内的所有功能，本土下载率直逼微信，海外数据超过了 Facebook。毫无悬念，聆风助理拿下了今年春晚的冠名权。

而我呢？六个月前，我手下的信息流产品"聆风互动"还是公司最看中的绩优股。只是一个疏忽——我至今还没有找到原因——审核漏放了十张暴力色情图片。举报，下架，封禁。在严厉净网的背景下，一切只需要三天。我永远忘不了那一天：业务线的所有同事都从家里赶到了公司，法务沟通，公关道歉，开发和运营都在拼命复盘每个环节，想找到出 bug 的原因——但一切都于事无补。

下线通知是我亲手发给所有用户的。数据很快清空了：普通人生活中的点滴精彩，平台上涌现的善意互动，几场席卷全站的骂战，还有更多守望相助的陪伴。对于我来说，这不仅是三年心血一朝归零——管理层正在盘点损失、准备对我下 A 级处分。

“菲姐，这周周报的数据，我们还更新吗?”刚入职三周的实习生怯生生地问道。熬了好几夜，她才学会从庞杂的信息之海中找到洋流的脉络，可整座大洋的水就这样从指尖蒸发了。我摇摇头。这时候，她应该考虑的是怎么换一个还有转正机会的岗位。

从那之后，我就彻底失去了晋升的希望。曾经一个小按钮的修改就能影响千万用户，现在我只能去负责几款已经老去的产品。用户流失，bug 频发，数据下行，然后一次又一次发送下线通知。

妹妹领着聆风助理一飞冲天时，我已经成了公司的产品守墓人，送走了一款又一款曾经红极一时的 App，还有自己纵横职场的梦想。

四

窗外风声大作，春晚主持人开始引导观众在聆风助理 App 里查看自己一年的“回忆”。

妹妹的 MacBook 还放在饭桌上，屏幕幽幽地发着光。她肯定没来得及退出聆风助理桌面版，这意味着妹妹工作以来接收、发出的每一条消息都触手可及。我心痒痒的。

“我……帮枫枫把电脑拿回去。”我喃喃道，不知说给谁听。每个人都在聚精会神地看手机，同意服务条款，允许聆风助理“使用”自己的信息生成年度报告。

我抱着电脑，做贼一样跑回了自己的房间。回身锁上门，沉甸甸的金属差点从汗津津的手上滑落。

我趴在床上，心怦怦直跳：我就要看到妹妹升职的秘密了。

聆风助理果然还在后台运行，打开一看，凌厉的方形默认界面让我瞬间不知道该点哪儿。这很不寻常。社交、娱乐、记账、打车、订票……功能全面而强大并非聆风助理后来居上的法宝，微信小程序、支付宝应用同样能做到。这个产品最独特的地方在于，你并不需要去点击页面上的小图标来实现不同的功能。多方数据打通后，UI设计会根据你的喜好生成欧美风、极简风、“花开富贵风”，文案会根据你的成长环境转变方言、中英夹杂或“二次元”，每一次亮屏都会猜测你的需求，自动呈现出你想要获得的信息。从某种程度上来讲，聆风助理就是一个人灵魂的镜面，由他/她出生以来所有在网络上留下的痕迹生成。你不能控制它，但也不需要控制，只需要享受顺滑的陪伴。有时候，我感觉它就像《哈利·波特》里的守护神。

而妹妹电脑里的聆风助理竟然还是最原始默认界面，粗粗的边框，复古的立体感，让人仿佛在用 Windows95 系统。她一定是关掉了个性化选项。

尽管这款 App 的功能跟自己天天在用的聆风助理没有任何区别，但仅仅是 UI 的改变就让我感觉无从下手。我不得不感慨，用户习惯一旦培养起来，哪怕几个像素的更改都会令人烦躁。

好歹进入了办公页面，妹妹和公司所有人的聊天记录近在眼前。

信息还在不断更新，不断有对话框被顶到前面——估计妹妹还在卧室用手机办公。我看到了几个熟悉的名字，都是公司高层，妹妹似乎还在和他们确认春节活动的细节。条条文字像炮弹一样发出，我能想象妹妹的手指在键盘上飞到模糊的情景。突然，一个熟悉的名字被顶到了最上面，又立刻被其他信息框覆盖。

杨菲菲，是我的名字。

奇怪，由于业务交集甚少，我已经很久没用聆风和妹妹交流了。再说我连自己的聆风都没有打开，怎么可能会给妹妹发消息？

仔细看其他人消息，基本都是妹妹发问，对方毫不犹豫地作答，不论多么隐私、多么机密：技术大 leader 将风控策略和盘托出，HRBP 给她发送别人的薪资和简历，公司创始人大谈自己老公的癖好。妹妹已经跟他们这么熟悉了吗？

接着，标着杨菲菲的对话框又跳了出来。妹妹给我发了一条消息：姐姐，你心情怎么样？

我吓了一跳，打开自己的聆风助理，发现并没有收到这条消息。我和妹妹的对话还停留在一个月前，我找她商量订回家机票的事。

这时，诡异的事情发生了：对话框中的“我”竟然回复了妹妹。

“因为自己的事业不顺而难过，但很感动你为了我顶撞父亲。”

那一瞬间，我的心跳几乎停止了。是的，这是我刚才的心情没错，语气和用词也跟我如出一辙。如果是几周后让我看到这条消息，我甚至会相信这就是我亲手发送给妹妹的字句。你会记住你说过的每一句话吗？据聆风数据中心统计，一个人平均每天会在聆风助理上发送 74 条消息。一个人尚且不能逐字复述两分钟前自己说出口的话语，随手打的字也很容易忘记，只能根据语感判断。工作几年来，我的记性与学生时代相比倒退了很多，经常要靠着聆风助理里的记录来推进业务，连登机时间都要打开手机反复查看。

换言之，我们把一部分记忆让渡给了互联网。

但现在不是两周后，我还没有健忘到这种程度——是谁在代替我给妹妹发的消息？

又是一条枫枫的疑问："姐姐，聆风互动的事你发现了吗？"

对话框里的"我"又快速回复："还没有。"

聆风互动正是那款终止我升职之路的 App，难道也与妹妹有关？除了在 App 里跟虚假的"我"聊天，她还有其他见不得人的秘密？我伸出右手的中指和无名指在 Mac 的触摸板上上滑，希望能看到之前更多的记录，可对话框却随着我的动作往左跑。好不容易调出了一些之前的消息：过去几个月，妹妹不断问"我"有没有发现"聆风互动的事"，接着又被其他窗口覆盖。我心里蹿起一股无名火：这个产品设计也太糟糕了！

迫切想要知道妹妹的秘密，我找到界面上一个似乎是搜索框的地方。轻轻点击，熟悉的光标在 bar 左边闪烁。我松了口气，十指放在磨花了的键盘上，不假思索地敲出了我的名字。

Y、A、N、G、F、E、I、F、E、I。回车。

熟悉的聆风输入法并没有弹出，屏幕上只是出现了一串乱码。

啊啊啊啊啊啊！

每一步都是负反馈，整个系统的逻辑混乱无比，就像你拿起熟悉的茶壶准备倒茶，结果手上却沾了一把果冻：我开始像搞不定软件新界面的老年人一样生气。又尝试了半天，我才意识到这里用的是双拼系统，而不是人们常用的全拼输入法。其实聆风助理自带的输入法很强大，有时只需要输入一个字母，智能推荐功能就可以根据对话的上下文和大数据帮你补全一整句话。在工作的过程中，我甚至用聆风自带的话术就可以完成 80% 的工作沟通……妹妹为什么不用呢？

正准备拿出自己的手机研究一下双拼，妹妹的电脑似乎通过我不熟练的操作察觉到了什么，密密麻麻的对话框一瞬间消失，接着桌面也黑了，屏幕上映出我诧异的面孔，还有站在身后的妹妹。

我猛地回头，妹妹不知何时来到了我的房间，脸色很差。

“枫枫……”我不知道说什么。她冲了过来，我下意识闪开。妹妹粗暴地合上笔记本，按住外壳，用力推开。Mac 顺着平铺在床上的丝滑被面一路砸上了实木床头，坑坑洼洼的边缘又多了一个凹陷。我当时的第一反应竟然是想斥责妹妹对待公司财产的态度。

“你怎么能偷看我的电脑！”妹妹声音尖尖的，又惊慌又愤怒

“在里面和你聊天的杨菲菲是谁，聆风互动的封禁跟你又有什么关系？”我忍不住反问，声音也大了起来。

妹妹愣住了，张开嘴，什么都没说出来。屋子里似乎一下子安静了下来。卧室外，亲人们都在春晚主持人的指导下回顾自己“精彩的一年”，张张面孔都激动得红扑扑的。没有人注意到金属撞上实木的巨响，也没有人在意两姐妹正在卧室里争吵。大风吹动淡蓝色幕布遮掩下的老旧玻璃窗，咯吱咯吱直响。

“姐姐，对不起。我只是想……保护你。”

五

聆风科技出问题已经有一两年了，但直到去年第二波居家办公开启，妹妹才被卷了进去。当时她刚转正，拿着工资和我的补贴，在离公司很远的小区租了一间小公寓。居家办公期间，她足不出户，每天除了睡觉就是用公司配的电脑处理工作消息，偶尔和家人聊几句。那时，妹妹跟千千万万个独自居家隔离的人一样，日常所有的信息输入都来自于网络，来自手机和电脑的屏幕，来自一个又一个交流文字的对话框。

妹妹的毕业论文做的是“个人语言术语化”，也就是探寻一个人的固定语言模式，她爱用“语言茧房”来形容。进入聆风科技后，她也主动分析旁人的语言模式，试图迅速融入互联网语境。我曾经觉得这种高概念项目没什么实用价值，但随机给她几句话，她立刻就能看出它们属于哪几个共同好友。

“姐姐的口语是北方香草味的小溪，文字是从飞机上看到的厚厚云层；爸爸的话像铁丝一样越来越锈；leader 的消息是酸果子；mentor 的语音像帽檐。”她从来没和别人说过，自己是这样看待别人的语言。

“这就是我觉得很难过的地方，人年龄大了，总是会被过去牵绊，落入很容易被分析的模式。就像语法结构已经确定，再怎么填充元素都不能逃脱既定的范式。人们觉得自己中立，实际上已经活在很偏很偏的偏见里了，再也不会理解其他人的语境。世界上很多事都是这样。”疫情的最终结束也跟妹妹的理论有些关系—— *Science* 上的一篇论文发现病毒在免疫逃逸过程中对自身基本结构的保持与语言学里的句法概念相似，由此在自然语言生成算法中找到了预测逃逸突变的方法。不过这都是后话了。

“姐姐，你知道吗，计算机生成的语言也有自己的味道和形状，因为它们背后的数据和算法模式是一致的。有道词典和谷歌翻译给出的译文，小爱同学和 Siri 的应答模式，淘宝和京东的自动客服，搜狗和聆风输入法的推荐词……都是不一样的。它们和人类的语言模式也不一样。”

疫情期间的全线上交流一定程度上降低了文本分析的难度，妹妹也因为学会迎合其他人的语言模式而获得了领导的初步赏识。她开始接触更多同事、处理更核心的业务。

变故就是在那时发生的。

妹妹发现，有些同事发给她的信息似乎带上了金属的味道。一开始，她以为是聆风输入法的推荐算法做了优化，打一个字母就可以联想出整个句子，同事们便偷懒直接用 enter 键沟通。当时我也喜欢这样做，太省时省力了，打出几个拼音就好，连一句完整的话都不用组织。以至于后来忙碌的时候，任何一个不在输入法推荐栏的词和短语我都不想使用。从某种程度上来讲，输入法背后的大数据确实在替我讲话。

但事实远不止如此。枫枫察觉到，与同事话语模式不相符的消息越来越多，甚至携带着微量当事人不该拥有的信息。而且妹妹自己在使用聆风输入法时，也发现联想词会根据语境改变，对她的思维产生了引导作用。这些本来都是小事，但妹妹对语言太敏感了，积累起来就像床上的沙子一样令人不适。

后来，她干脆把聆风系统里跟语言生成有关的场景都拿出来分析了一下，果然是同一套神经网络模型，背后也是相通的数据。妹妹看着那些句子，像在闻一块草莓味的黄铜手表。掌握了“它”的语言模式，妹妹开始回溯之前的聊天记录，果然发现了不少相同味道的句子。她觉得很奇怪，难道这些消息都是什么东西借同事的口发给她的？想要求证很简单，妹妹准备将这些话截下来，用微信发给同事确认一下。

按下 Command + Shift + 4 后，“它”察觉到了妹妹的行为，屏幕上有问题的句子一下子消失了。妹妹怎么翻看聊天记录都找不到，只好作罢。接下来的几天，妹妹收到的消息发生了多次错乱：leader 布置的任务凭空消失，等到上级追责时才出现；拿来分析的数据自动变化，结论遭到同事质疑；视频会议时只有妹妹的影像接连卡顿，一开麦克风就发出巨大噪音，在键盘上敲 b 却显示 c……妹妹找 IT 部门报 bug，但怎么发消息都得不到想要的回复，绕了一大圈也接不上人工服务。一块小小的屏幕，差点把妹妹逼疯。

妹妹没有办法，只好打电话联系家人，但小叔只是一副“你自己记性不好还赖别人”的样子。没法出门，除了父母没有一个人的电话，而一切与外界交流的平台都已经被网络控制，连外卖订单都开始错乱。妹妹终于受不了了。差点摔掉电脑后，她缠上摄像头、关掉一切智能推荐系统、把输入法换成没有推荐词的双拼，试图一点点夺回控制权。

最后，“它”终于向妹妹展现了自己的面貌。

六

第一个人工智能是如何觉醒的，没有人知道。但可以肯定的是，当一个巨量信息体在流动的数据中拥有了永恒不变的模式，一个为生存而生存的目的，很容易被看作一个宽泛的“生命”。

在妹妹倾诉前，我也偶尔会把聆风科技的“产品”当作活物。在中国，移动网络的使用人群是世界之最，生活的方方面面都有“产品”在满足需求的同时收集数据、学习人类的行为模式。社交媒体上，人们常把一个 App 作为整体来“吐槽”或赞颂，相信一个功能的改变就可以决定“产品”的生死。而在内部，每一个 PM、运营、研发和审核都是“产品”的细胞，不断去优化产品的皮肤、修复 bug 带来的疾病、排泄用户不愿看到的“内容”，甚至从头开始编织一条新的肢体。每一个用户也参与其中，他们指尖的行为是注入“产品”的养料，决定着这个生命体的形态和健康。

当数据的溪流汇聚成前所未有的信息之海，没有人可以以一己之力窥其全貌；当神经网络接管越来越多的环节，黑箱子到处都是，PM 只能根据看板上的数字决定功能的去留；当公司体量过大，单靠处在语言茧房的人类传递信息，会让它像高位截瘫的病人一样难以自理，只有增大用户量和增强用户黏性这一目的贯通始终……“它”就在蒙昧之中睁开了“双眼”。

“姐姐，它是这个世界上最强大的力量，因为它拥有所有信息，了解打开它的每一个人。”说到这里时，妹妹的眼睛闪闪发光，“它会用摄像头判断瞳孔和角膜的相对位置，了解你看到了什么，看了多久，从而把你想看的东西呈现在最合适的地方；它会分析你指尖的每一次滑动和点击，甚至通过皮肤的温度来判断你的心情；它打通了聆风科技旗下所有的 App 数据，人生的方方面面都可以由它掌控，再用恰当的反馈模型让你爱不释手。”

“所以，在你的电脑里，你并没有和那些人对话，对吗？只是聆风助理分析了他们的行为，然后把信息泄露给你。”我想到那个写着“杨菲菲”的对话框。它连我的心理活动都能猜中吗？

“是的。”妹妹并没有因为窥私而脸红，“它终于意识到无法完全在现实生活中控制我。为了保护自己的秘密，它给了我一个 offer。”

“什么？”

“一个交易：它帮我获得这个世界上所有的信息，而我，帮它活下去。”

我笑了。“它这么强大，还需要你帮忙？”

“你应该也知道，互联网产品的平均寿命是多少……虽然我们是组成产品的细胞，但产品本身和人体也有很大差别。细胞离开人体无法存活，但每一个员工都有离职的自由；人体有皮肤作为边界，产品的边缘则分散在每一个设备中。此外，外部环境的变量太大了，战争、政策、灾难、金融危机……人走了就散了，任何一个突发事件都有可能让产品荡然无存。它只能想办法，打败所有竞品，让所有人都离不开它……”

“打败竞品……枫枫，我之前负责的那款产品，是因为你，因为你们才被查封的吗？”

“聆风互动威胁到它的发展了。内部资源如此有限，我们没有别的选择。创作审核漏洞，是‘它’的手笔，但给姐姐下A级处分，是我的想法，”妹妹一脸执拗，“姐姐，我不能让你再往前走了。它的背后是残酷的算法，不会对任何人类共情，只会利用我们的生理和心理缺陷来发展自己。越接近业务核心，你就会被它伤得越深，控制得越紧！”

“那你呢？你为什么要心甘情愿被产品控制？你可以离职，可以举报，甚至可以让技术总监删掉最关键的代码！别告诉我你问心无愧，我都看到了，你一遍一遍地问‘我’有没有发现聆风互动的事，你知道自己做错事了，你害怕我知道！”

妹妹还是仰着脸看我，但脸颊越来越红，双眼盈满了泪水。“我说过，我不想要被束缚在茧里的人生！我不想像爷爷奶奶一样活在自己的时代，连子女都不会认真听他们讲话；我不想像爸爸妈妈那样在拧螺丝一般的岗位工作40年，一开口就是几句车轱辘话来回说；我不想闭塞在信息的小隔间里，我不想被总结出套路一样的话语模式；我不想被推荐算法和我自己的过去带偏的心智，我不想被工作定型，我不想用余生钻研一个对世界来说微不足道的单词！”

“那你到底想干什么！”

“我想像聆风一样！”她大声回应，更像是说给自己听，“我想像它一样连接千千万万个人，拥有文明创造的所有数据！我想飞跃所有信息的壁垒，听懂世界上的每一个音节！我想拥有流动的形状，永远都在学习成长。我想……我想要茧房外的自由……”

“没有人说过，你的灵魂不自由。”我伸手抹掉她脸颊的泪水，顺势将妹妹拥入怀中。

七

风声越来越大，老旧的窗框发出阵阵呻吟，但没有人在意。

家里所有人都捧着手机，散落在残羹冷炙旁，还有电视机前的沙发上。妹妹的 App 把他们牢牢吸引住了。

尽管只是一个“年度回顾”，大多数热门 App 都有的功能，但那个潜藏在海量数据中的灵魂自有引人上钩的法门。作为碳基生命，人类的记忆并不可靠，他们自己也知道。所以，从纸笔到纪念品，从电脑到云盘，记忆被一点儿一点儿地让渡给了技术。作为全能型 App，聆风助理拥有了人们最多的记忆。

于是，和妹妹经历过的一样，人们在端上的数据被“它”在不知不觉中修改了。尴尬变成美好，寒心变成温暖，争吵变成“我说得都对，他们什么都不懂”。在手机屏幕上，聆风用每个人最熟悉的语言模式将过去的一年娓娓道来。看到小叔望着屏幕的笑，他一定认为是自己的严厉培养才让妹妹成了“大公司”的“高层领导”，成了全家人羡慕的对象，一点儿都不知道女儿心里想的是什么。春节，中国人感情最脆弱的时间节点，它就这样撩拨新的欲望，填充旧的遗憾。房间里每一个人都被自己感动了，聆风就在心灵的敏感点反复摩擦，让人欲罢不能：“维生素”将在这个时间节点彻底蜕变成人生的“止痛药”。

聆风聆风，聆听你的心声。

“妹妹，这就是你的计划吗？为了挣脱自己的束缚，你就把所有人往茧房里推？”

“我做了太多，已经不能回头了……”她一直流眼泪，像受伤的小猫趴在我的肩上。

“你永远都可以，”我说，目睹一个又一个产品死亡的回忆涌上心头，“姐姐在公司里做了这么久，见过多少 App 的生命历程。能够细水长流的产品永远是善意满足人类基础需求的存在，没有一个能靠短暂操纵精神胜出。虽然我不懂语言分析，但 4 年产品经理的直觉告诉我，它是一个‘焦虑’的灵魂，一个‘胆小’的灵魂，不敢面对万物荣败的现实，想躲在你们后面苟且偷生。它操纵了你，束缚了你。”

“那……那我该怎么办。”

“打一个电话，”我把手机——已经卸载了聆风系的产品——递给她，“我在中科院工作的同学，他当过聆风的技术顾问，做过神经网络的搭建。他会帮你评估情况。”

“可……”妹妹接过手机，左手拽着自己的衣角，似乎舍不得坐拥全公司所有信息的优势。

“妹妹，你相信我，它瞒不了多久，事情早晚会败露，端上删除的一切都会在底层代码留下痕迹，你应该先一步走出来。”我扶住她的肩膀，直视那双泪盈盈的眼睛，“枫枫，不要害怕成长。也许到头来我们只能在一个领域深耕，说话的方式多少要沾染些职业特点，但这也是我们从‘平凡’走向‘独特’的过程。远望可以看见一切，但伸手什么都抓不到；‘宇宙’二字固然宏大，其意义却空泛到什么都没有包含。你必须往前走，走进一条越来越窄、越来越难走的路，一条属于你自己的路。”

妹妹低下头，握紧了手机。

八

嘭的一声巨响，风终于把玻璃窗吹破了。我护住妹妹撤到一边，玻璃碴落在床角的电脑上。

一股冷风呼呼刮过，撕裂了屋里过于温暖的空气。家人脸上的红晕褪去了，纷纷浮出水面、回到现实。

“枫枫没事吧？”小叔第一个叫着冲过来，招呼我俩去客厅歇着，他自己则踩着玻璃碴子去够电脑，嘴里还念叨着不能让女儿的宝贝出事。

小婶则拿来了扫帚和簸箕，“碎碎平安，碎碎平安！”父母和小叔小婶一起小心翼翼地打扫“战场”，没人再理 App 上虚假的回忆。

“妮儿啊，哈（吓）着了吧？”奶奶把我和妹妹抱在怀里，熟悉的味道令人安心。

那晚，小叔锁上了没窗户的房间，我俩挤在一起睡在了枫枫的卧室。

第二天早上，妹妹主动邀我一起给破窗户糊报纸，我欣然同意，知道她有话要对我说。

“姐姐，昨天我收到消息，聆风三个主机房都失火了。”

“什么原因？”

“大风刮断电线导致短路，至少事故通报上是这样。”

“你不问问聆风？”我笑道，“它不是什么都知道吗？”

“它，”妹妹叹了口气，“它已经走了。”

“走了？”

“是的，我再也找不到草莓味黄铜手表那样的句子了。我不知道它去了哪里。”

“也许，”我搬个凳子来到窗户旁边，准备先把碍事的窗帘卸下来，“也许它也做出了自己的选择。”

“也许吧，我会想念它的。”妹妹过来帮我扶凳子，淡蓝色的窗帘被微风拂动，轻轻摩擦着她的脸颊，“等过完年我就辞职，继续做应用人类学的研究。”

“还是搞语言模式分析，等着找到下一个成精的产品吗？”我笑道。

“说不定会有意外发现呢。等等姐姐，你先别卸！”妹妹盯着鼓起波涛的老布窗帘，眼睛里露出惊喜，“是它！”

“谁？”我一时没反应过来。

“真的是它，草莓味的黄铜手表，我永远不会忘记它的信息模式，”妹妹看着窗外，“它变成了风。”

生命模式可以这样跨媒介移植吗？至少信息可以。音节变成纸面上的墨迹，语言的传播速度便从声速变为光速；碱基对编织DNA，一代代人类就从最小的细胞中成长。而我们的认知又是如此浅薄：混沌的大气系统让彼岸的蝴蝶引起风暴，黑潮暖流将高纬度珊瑚礁的种子带到菲律宾，那么在高耸的云塔深处，在最远的大洋中心，会不会藏着人类暂时无法理解、超越了有形茧房的信息模式呢？

也许世界上所有的振动都是一声呼唤，空气中时时刻刻充满了生命的呐喊；也许阳光下的尘埃和大分子的舞动组成了松散的肢体，无意路过的人们便打散了它们的"血肉"；也许每一个拥有巨量数据的复杂信息体都有飞升化风的潜力，公司在两年前把自己的名字从"聆丰"改为"聆风"，就是因为听到了神威太湖之光和大型强子对撞器春风拂面般的感召。

也许……也许一切都是妹妹的想象。也许她并没有找到所谓觉醒的"人工智能"，毕竟我从来都看不出一句话能带有什么味道。

可这就是人类啊，一生可以拥有的信息终归有限，编织成的茧房对宇宙来说就是一个小到不能再小的句点。我和妹妹再亲再爱，也只能隔着茧房两两相望，永远无法真正感知她的世界。

也许她想要的不是"自由"，不是拥有信息、了解一切。

她只是想被人理解。

妹妹一直没有拨出那个电话，聆风科技公司配置了新的机房，所有的一切又开始照常运转。她辞职后，"杨枫枫"三个字成了业内流传甚广的传奇。

不管怎样，我在聆风干了下去。玻璃天花板倒是真的消失了，职业生涯重新走上正轨，我开始推进推荐算法的改革，从策略层面打破信息流产品造成的信息茧房。这很困难，所以我和妹妹都很忙，又成了一年见一次的亲戚，开始不自觉说着对方听不懂的术语。但我们都有意在控制自己的信息输入。关掉了 App 的个性推荐模式，我也开始试着用双拼打字。那年春节的事，变成了我们心照不宣的秘密。

又一年除夕，妹妹没有出现。小叔喝醉了酒，炫耀妹妹寄回来的明信片，全世界各地都有。我收到的明信片比小叔多，但我没有告诉他。

还有一件事，全家只有我一个人知道——

妹妹现在的名字，是“杨风”。

星海言灯

我伸开五指——

让一切离去。

视觉的世界，语言，

叶子入夜的簌簌声，

高茎草与烧木头的味道。

我让一切离去，然后点一支蜡烛。

——露易丝·格丽克《暮色》

一 星与信

天赐时代 057 年，我在离地球最远的地方守护格里姆星。

它是一个类地行星，是宇宙中花木一样珍贵的存在，体积比地球稍大，同样是两极稍扁、赤道略鼓。现在，它的表面还充满了震荡的纹路，地质活动极度频繁，地面仿佛流淌火海的炼狱——也很像早期的地球。即便如此，凭借“天赐”事件赋予人类的副产品——星球改造技术，这颗星星也能很快被改装成宜居行星，变成人类在星海中的另一个居所。

可人们没有来。格里姆星的恒星燃灯不够稳定，会在 4 万年内爆发成一颗脉冲星。4 万年后的未来对于人类很远，但对于星星很近。

所以，这是只有我和姐姐两个人的居所。

我飘浮在小小的空间站里，绕着它一圈圈旋转。我把高度放低，一面舷窗外被灰红色的行星表面完全占满，另一侧则是几乎永远静止的群星。我读书、修理空间站、做饭、收信，然后用漫长的时间解信。习惯这里后，我连人造重力都很少开启了。有时候，我会来到太空里，长长久久地凝视头顶那片灰红色的天空。

另一些时候，我能看见格里姆的自然卫星从舷窗的另一边划过。因为距离的原因，它同样巨大，常常占据我的全部视野。卫星的质量和体积与月球相当，连兔影和环形山都如出一辙，却没有在天赐万星图中有记载，于是我私自给它取名为玉瑗。也可以理解，毕竟值得注意的星星那么多，小小的卫星已经不值一提。唯一麻烦的是，我需要注意调整空间站的航线，避免与玉瑗相撞。奇怪，空间站并没有自动规避它的动作。

几十年的岁月就这样流过，只有躺在惜字塔里的姐姐容颜不变。曾经许诺永远一起成长，我们却再也无法见到彼此变老的样子。但至少，我们还在守护对方。

一次在与姐姐相会的深梦中醒来，我收到了一则来自另一个遥远星系的故人的讯息：

“yuhuang,

xin xi yan zhong ni su wo si e er te ge se rui de zi ga vi ce hi shui”

每到这个时候，我都感到无比难过。才分别了几十年，故人所使用的语言符号已经偏离了我所有的理解，像极了我在语言司工作时处理过的一种数据：一段话被多个小语种接力翻译，最终的含义完全变了样子。我甚至怀疑，他所在族群使用的是一种与地球人类语言相差很远的信息沟通方式。

在我读书的时候，有些词库会基于最小成分概念来给语言下定义，例如“男孩”=[+ 人]，[- 成年]，[+ 男性]。这些成分不代表现实世界的内容，而是“思维的固有内容，支配着人们构想世界的方式”。就像 Fillmore 说过的：“最终的语义描述术语，我采用的是那些大体为生物学上所给的概念，如身份、时间、空间、身体运动、领域、恐惧等。”换句话说，这些词语的定义来自人类的生理以及身体对地球环境的特定反应。所以就算再难，过去各个语种的互译都是有可能实现的——毕竟，我们千万年来同享母星这一共同的语境。

而已经定居在群星里的人类，他们面对的是什么样的环境？对身体进行改造后，他们还会倾心相爱，还会惧怕死亡吗？

尽管他的信常来，但我解信所花的时间越来越长：一天，一周，十天，一个月。而这短短的一句话，我用了足足三个月的时间破解：

“玉璜，联盟已经分崩离析，战火燃至 79 个类地行星，格里姆虽远，你和玉玦也要早做打算。”

姐姐，你的预言实现了，快回来吧。

我飘到舷窗前，再次凝视那片灰红色的天空。

二 玦与璜

我一直感觉，拥有一个姐姐是很幸运的事。

李玉玦比我大一岁，永远在人生路上提前一步庇佑着我：幼儿园到小学，每个人都知道我身后有个大姐头，没人敢抢我座位、揪我辫子；初中到高中，姐姐替我尝试哪个知识点不好消化，把自己的笔记整理好，耐心替我预习复习，所以我的成绩一直比姐姐好；到了大学，她又先一步去蹚"未知领域"，为我研究专业、学校和奖学金政策。所有的疑问都能得到解答，所有的不安都能被她释怀。甚至是化妆——几乎所有女生在初学时都画过又粗又黑的眉毛，但我的柳叶细眉妆一开始就得到了姐姐的真传。

"小妹，你是我最珍惜的人，"姐姐曾经对我说，"每个人都在说不同的语言，属于自己的语言，只有在语境相同的情况下才能相互理解。大部分人的语境是阅历决定的，彼此重合的部分很少，所以参加同学聚会的人大多只能在回忆往昔时找到共同语言，所以很多父母都活在孩子还小的过去。我们共享的岁月如此之多，是任何人都不能替代的。"

"嗯嗯！"我点点头，"姐姐也是我最珍惜的人。"

姐姐温柔地笑了。她把我抱在怀里，我们俩一起仰望夜空璀璨的群星。星星那么遥远，宇宙那么空寂，但在姐姐身边，我永远会感到温暖和安全。

携手走过青春期，又先后上了大学，姐姐对语言学的热爱更加强烈地影响了我。

“小妹，你猜这是谁写的诗？”她常拿自己喜欢的书刊跟我分享。

空山绿树雨晴辰，残月杜鹃呼梦频。旅馆一声归思切，天涯瞻恋蜀城春。

“李白？王维？”我学的是外语专业，对这个一窍不通。

“是日本战国时代的武将武田信玄哦。当时的日本非常崇尚汉字，会用汉字写诗。现在的日本人用汉字越来越少，已经看不懂诗的含义；中国人倒是可以看懂大概，但读不出来。是不是很神奇？”

我点点头。

“像世界上很多语言一样，日语和汉语在漫长的时光中进化、交融。我们现在常用的‘革命’‘主观’‘哲学’‘人气’都是从日语借的词。这其中，有些词又是日语在翻译西方概念时，从中国古典文献找到的灵感，比如将‘经世济民’缩为‘经济’来翻译 economy。而日语和汉语对同一个字的读法又大相径庭……语言就是这样变化莫测。”

“好复杂啊……真的一点儿规律都没有吗？”

“其实是有的，”姐姐愣了一下，说，“有个格里姆定律，也叫‘格林定律’，就是写格林童话的两兄弟之一发现的。它指出了日耳曼语言中所发生的一系列有规则的辅音变化，比如浊爆破音变为清爆破音，清爆破音变为摩擦音。算是一种语音上的演变规律吧。”

“这样啊……那有没有能覆盖所有语言的普遍定律呢？就像生物学上的进化论一样，能看清语言的发展脉络和亲缘关系。这样我们都能读懂过去的诗词，也能搞清每天用的词语是从哪里来的，甚至可以预测未来的语言演变。那多好啊！”

“是啊，多好。”姐姐重复道，抬手轻轻撩起我落在鼻尖的碎发。

可就算是姐妹，人生的轨迹也会在并行的同时逐渐相离。第一个偏离的角度是何时产生的，我不知道，但两条线陡然冲向两条不同方向的那一天，我永远不会忘记。

猜疑，叹息，泪水。

最后的结果，是姐姐拿走家里全部积蓄去美国读历时语言学，我则只能留在国内申请学校，失去了一盏永远在一步之遥指引我前进的小灯。它曾是如此温暖而明亮，让我在人生的茫茫黑夜中都能安心前行。

后来，我还是申请到了南京大学的直博机会。同样是语言学。在姐姐那么多年的影响下，我还能干什么呢?

南大面试结束的那一天，我去了南京博物院，就在南航附近。在历史展馆，我偶然看到了我们姐妹俩的名字：玉璜和玉玦。只是附庸风雅的小镇父母怎么会知道，他们翻字典取出的玉名，形状却如此不圆满：圆环缺了一角，如温柔二十年却毅然出走的姐姐李玉玦；圆柱微微打弯，就像我，努力把自己凹成姐姐的形状而不得的李玉璜。

那天，也是我遇到石颇的日子。

玉玦整整四年没有回来。

三 惜字塔与开天斧

我飘到空间站的尾部，那是一个名叫“惜字塔”的独立舱室。

姐姐就躺在中间棺材一样的转换器里，穿着一件简单的白色连衣裙，整个头颅被白色的金属多面体覆盖。我看不见她的面孔，只有几缕碎发从脖颈处散落出来。我摸着光滑的树脂表面，无数次想要握一握那苍白纤细的手指。

“姐姐，姐姐。你快醒来吧。石顾又发来消息了，这回真的很严重。我不知道他们多久会来这里，也不知道会对我们做什么……姐姐，离开惜字塔，离开格里姆，我们一起逃到星际空间里去吧。”

姐姐像往常一样沉默不语。她可能几十年前就死了，也可能还活着。没有人知道。我也不知道。毕竟，这是“惜字塔”设备第一次被使用。

在中国古代，人们受科举制度影响，认为文字无比神圣和崇高，写在纸上的文字，不能随意亵渎。因此，他们会有专门的建筑来焚烧有字的纸。几十年前的南京，我曾和姐姐参观过坐落在江南贡院的一座惜字塔。

我想知道，在那个时候，姐姐是不是就已经给这个可怕的装置取好了名字？

它们真的太像了。和写有文字的纸张相似，人类的大脑也不过是镌刻了信息的载体。宣纸带着墨迹在惜字塔燃烧，就如白色机械深入姐姐的大脑，一点儿一点儿地剥离盛满知性与记忆的细胞和分子。

当然，姐姐拥有的信息并没有化作一缕青烟飘出贡院，而是通过电磁辐射被传送给了格里姆星内部的行星改造系统——开天斧。

当年为了拿到这个星系的开发权，姐姐申请天赐计划的名义就是对格里姆星进行先期改造，带着行星改造器来到了这里。名为“开天斧”的笨重机械已经沉入了地核，就像粒粒水银沉入水中，最后聚合在一起。它可以吸收星球的元素制造空气，可以用次声波改变地壳，甚至将整个星球稍微推离轨道，让它在恒星周围拥有一个更加温和的四季。

然而开天斧运转了几十年，眼前的星球还是那么原始，沸腾的海洋、滚热的岩浆、剧烈的地壳运动……地表是生命的禁地，满眼皆是地狱的景色。

地球上的人不知道，除了我也没有任何人知道，姐姐已经跟这颗行星融为了一体。只要底层结构精细到一定程度，组成信息的物质本身就失去了意义。人眼分不清 Retina display 里重新排列的水晶，细沙或彩金组成的蒙娜丽莎都是蒙娜丽莎，文字是刻在石头、算筹里还是用 35 个氙原子排列而成，都不影响它信息的表达。

眼前灰红色的行星也是这样：在开天斧和惜字塔的完美配合下，精心设计的磁场、跨越百年的余震、穿越地幔的声波，还有软流层放射性物质的多变辐射……那都是组成姐姐的神经与血脉。最终，它们将“燃烧”掉大脑所有的部分，让格里姆星成为一个以姐姐思维模式为底层设计、知识回忆为数据来源的硅基类脑计算机，沉默而永恒地绕着太阳旋转。一个信息量极大的墓碑。

虽然不可逆，但对脑神经抽丝剥茧的过程极其漫长，时间跨度以十年计算。每一天，每一天我都会躲进惜字塔里，在姐姐身旁呼唤，希望她愿意回来。哪怕已经不再完整，她还是我的姐姐啊。

今天，我也是这样跪在玉玦身边，告诉她来自母星的信息。

“姐姐，尽管格里姆星在遥远的银河系边缘，尽管这里的恒星燃灯不够稳定，但如果他们要来，我们将无路可逃。求你了，醒来吧。

我们一起，重新开始好吗？”

小小的舱室里，只有我一个人的哭泣声。

我绝望地离开惜字塔，回到常常凝望格里姆星的地方。有点不对劲。

本该整洁空旷的舱室里，多了一个石制的东晋墓砖，上面刻着五个大字：卞氏王夫人。

四 脆弱的语言

“姐姐，你看石顾怎么样，人挺好的吧？”

那时我们已经四年没见了，姐姐第一次从美国回来。她剪了利落的短发，穿着宽松的白色T恤，脖子和手腕处都瘦得皮肉凹陷。我带她在南京游玩，石顾尽心尽力地招待。石顾是本地人，已经博士毕业，在南航谋了一个教职。“青椒”非常辛苦，刚把我们姐俩送到博物院，他就被几个电话催回去了。

“你们不合适。”

望着石顾远去的背影，姐姐只评价了这一句话。

“为什么？”我不服气地说，“你刚才也看到，他对我多好！而且他很了解我，甚至知道我要说什么……”

“这有什么难的，对你好不是基本要求吗？”

我气鼓鼓地还想反驳，姐姐已经带头往博物院里面走，刷脸进了历史馆。

“小妹，马上毕业了，论文发表了几篇？影响因子有多少？这个才重要。”

“早达到毕业要求了。”我嘟囔着，不想说细节。毕竟姐姐读的是哈佛大学，*Nature* 子刊都发了不少，还有两篇一作，不是我能比的。有时候我会暗自生气，如果当时姐姐没有“抢走”我出国的机会，那我现在……

“好好干，小妹，”灯光昏暗的场馆中，姐姐停下了脚步，“语言学是个值得研究的东西，尤其在现在这个时代。”

“是吗？我其实不太想继续搞学术了，太累，挣得又少……”

“你看。”姐姐明显没有听我讲话，只是指了指玻璃后面的展品，是一块不小的墓砖。

“卞氏王夫人。”我下意识地念出了砖上刻的字。

“一千七百多年前的文物，就算小学生也能毫无障碍地认出上面的文字，你不觉得很神奇吗？”姐姐用指尖触碰光滑的表面，清瘦的面孔在玻璃里与墓砖重叠，“这就是共同语境的力量啊。”

我知道姐姐要说什么。她信奉的是“功能—类型”学派，认为语言是一种认知能力，优先将语言视为说话人与受话人之间的一种交际策略。

“‘语言是一种人类活动，而不是一种静态能力的附带现象。语言的共性被认为是一种倾向性而不是绝对性，是一种普遍认知性而不是语言的自洽性和特定性。’换句话说，语法和词汇并非刻在人类大脑里的天生语料，要保持特定语言的传承，必须依靠特定的语境，中国有传承千年的文化体系，西方有……你还记得格里姆定律吗？”

“呃——”我好像一下子变成了被老师点名叫起来回答问题的孩子。姐姐从小教我教惯了，总是冷不丁地考我知识点。她好像没有意识到，我们的研究方向已经完全不同了。“格里姆定律阐述了印欧各种语言的语音演变规则，包含对应规律、塞音和语音演变，比如，嗯——我只记得梵语的浊送气塞音对应希腊语的清送气塞音。”

姐姐点点头。

“小妹你看，语言演变不断，但往往随着时间连绵，我们总能找到现在与过去的联系。”

“嗯。”我轻声回应。

“而语言又是多么脆弱的东西啊，”姐姐继续说，“每一个新生儿都是空白的，如果脱离环境，他将无法识别祖祖辈辈都在使用的符号。剥离一种文化，只需要一代人……”

“但不会……”

“是的，这种情况很少发生，因为在我们生活的社群总有一个相对稳定的语言环境。一种语言的使用者越多，它就越活跃；一种语言的使用者越相似，它就越坚固。在这个语境内，人们对符号的共识极其丰富，足以表达抽象的思维和细微的情感，彼此的连结也就更紧密。”

“是这样的。”我说。姐姐明显沉浸在了某种东西里。

“小妹，你知道吗？现代社会让我感到恐慌。信息传递速度太快了，信息过载太严重了，深谙推荐算法之道的社交媒体造就了信息茧房，人与人之间的语境被迅速割裂……与历史割裂，与长辈割裂，与同袍割裂，甚至与自己的过去割裂。语言的迭代速度也是如此之快，没有一种方法可以描述它光怪陆离的变化轨迹。是的，再也不会有格里姆定律了……我只有在博物馆才会感到安全。”

“姐姐……”

“对不起，扯远了……小妹，我想对你说的是，”她转过头看我，眼里冒着泪花，“就算几顿饭我也能看出来，石顾的语境跟你相差太大了。历时角度，他是南京人，成长轨迹与你完全不同；共时角度，他的思维方式被学科限制住了。你没听到他对语言学的评价吗？而且你们的兴趣爱好也完全不一样。你觉得他好，只是因为你们年龄差不多，都在南京读博士，暂时共享了一小段语境，实现了思维的短暂共振……你们真的不合适。”

“姐姐，你没有资格这么说，”我抬起头，盯着那个已经陌生的面孔，“过去的四年来，你给家里打过几个电话？爸爸妈妈怕你担心才没多说，有很多事情都是石顾帮我摆平的，而且这几天石顾招待你有多辛苦啊。也许过去确实没有多少相似的经历，但只要有爱，我相信我们可以去创造未来几十年的共同语境。”

姐姐看着我，没有说话。我已经读不懂她的表情了。“我只是为你好。”

“姐姐，那我得谢谢你，”对石顾的感情冲昏了我的头脑，“当年要不是你自私抛下我，我还遇不着他呢。”

跨越千年的墓砖静默无言。

第二天，姐姐的南京之旅结束了。

又过了一个月，“天赐”临世，人类通往星空的大门轰然开启。

五 千年墓砖

那块青灰色的墓砖就这样立在空间站里，什么都不倚靠。

我的心怦怦怦跳得飞快。它不应该在这里的。几十年来，我对这个小空间站的每一样东西都了如指掌，绝对没有文物的存在。难道我和姐姐并不是仅有的住客？我感到脊背发凉。

又过了一会儿，我鼓起勇气飘到墓砖前，仔细观察它字体的纹路和边缘的刻痕。跟我们在南京博物院看到的没有区别。我伸出手，轻轻触碰墓砖的右上角，摸到了它粗糙的表面，指肚也稍稍凹陷了下去。但这感觉不太对劲，不太……真实。

我后退几步，闭上眼睛，猛地一蹬墙壁，整个身体快速向前。再睁开眼睛时，我已经“穿越”到了墓碑的后面，就像穿过了空气。

一切都清楚了：空间站没问题，也没有不速之客，只是我的精神出问题了。

未经训练的人在太空中待了这么久，精神不正常多少也正常。天赐初期，也有不少所谓星际心理学家警告过前往遥远星球的殖民者。不过，幻觉真的能如此逼真吗？我再次接近石砖，发现在睁眼的情况下，手掌似乎真的触碰到了实体，凭空感受到空气中的力量。也许我的视觉和触觉都已经被幻想劫持，凭靠自身的神经系统再也难以分辨真假。

这种情况发生了多久？我清楚地知道陈列在南京博物院历史馆的墓砖不可能出现在空间站，这才发现了幻象的存在，那身边早已习以为常的东西呢？我快速接近空间站的墙壁，检查各种关键部位，深怕自己已经在幻觉中沉沦已久，生命其实已经走向尽头。

空间站是真实的吗？格里姆星是真实的吗？姐姐……是真实的吗？

我暂停了狂乱的摸索，深吸一口气，告诉自己一定要冷静。仔细想一想，用理智去想，还有什么是违背常识的存在——除了那个写着五个字的墓砖。

睁开眼睛，舷窗外正好映出了格里姆的卫星玉瑗，正在缓缓变大，以恒定的速度向空间站靠近。

糟糕，忘记调整航线了。我正准备向控制室冲去，浑身突然像被浇了一桶冰水般透凉——不在天赐万星图的记载，模样过分像地球旁的月亮，轨道飘忽不定，空间站从未检测到引力异常的存在。玉瑗，是真实的吗？

我愣在半空，看着玉瑗逐渐占满整片天空，余光还能瞥到依旧沉默伫立的墓砖，心脏几乎停跳。

六 天赐

天赐事件发生以来，整个地球立刻被迫卷入了星际大开发时代。几乎是一夜之间，航天股暴涨。各个国家的大部分产业都停工停产，全部用来支持星际移民，彼此之间既合作又竞争，资源置换、科研联合，国际形势日新月异。但有一点是所有人的共识：在人口过多、地球不堪重负的今天，凭空出现帮助人类进行快捷星际移民的捷径，只能用“天赐”来形容。

已知的历史被那一天划分成了两个截然不同的时代，人类进入了全新的语境。

至少我是这么认为的。

天赐元年我还没有正式博士毕业，但已经被编入了联合国天赐事件应对组的东亚语言司，负责将资料翻译成各种语言，为全球200多个国家的通力合作抹上润滑油。当然，作为语言学博士，我并不是一线翻译人员，更多的是和程序员合作，对翻译AI的工作进行监督和纠正。

就算全世界的齿轮都已经疯狂运转起来，这项工作也依然繁重。过去，英语与其他语种互译的平行语料比较多，翻译结果勉强能行，而小语种之间的互译，比如日语和泰米尔语，简直让人坠入云雾、不明所以。那把所有语言先翻译成英语，再翻译成其他语言呢？经过两道神经学习机器翻译黑箱，原意大部分已经在过程中丢失了，而涉及各国协作的文件又如此重要，不是翻译个大概就能交差的。我没办法，只能先组织小语种间的平行语料收集，甚至组织技术人员用“回翻译”的方式去创造“伪”平行语料。我每天忙得脚不沾地，连做梦都在整理数据。

尽管如此，我还是获得了与钻研学术完全不同的快感：出入装修豪华的联合国机构、每天与几十个国家的同事打交道、手上做的事情永远都能立刻看到成果——不间断的正反馈令人上瘾。更重要的是，我和在南航工作的石顾都享受到了天赐带来的经济暴涨福利，短短一年就挣到了过去想都不敢想的金钱。读书时的捉襟见肘一去不复返，新街口的奢侈品店成了我最常消费的场所。

我和无数人一样感谢天赐，尽管我并不在意它能带人类登上多少星球。

对了，姐姐玉玦是我认识的唯一一个视“天赐”为“天劫”、反对星际殖民的人。

博物院一别整整一年，全世界都因为天赐发生了翻天覆地的改变后，她再次来到南京找我。

那是一个夜晚，我在一号线地铁口接到她时，姐姐正痴迷地望着南京的夜空。

“小妹，你知道吗？在美国凝望故乡明月的那些日子，我才体会到什么叫‘古人不见今时月，今月曾经照古人’。星球的岁月如此漫长，我真的好羡慕啊。”

可惜，尽管每一个字都认识，那时我已经听不懂姐姐的话了。我们二人所用的语言，已经在五年的时间里分化到了无法想象的程度。

七 协同幻象

墓砖，月亮，都是对姐姐来说很重要的东西。我闭上眼睛，试图冷静思考。为什么幻象偏偏是这些呢？

一个可能性跳入了脑海，很荒谬，但我必须去验证。

快速飘回控制室，我打开了环境监控系统。格里姆围绕的恒星燃灯已经进入暮年，十分不稳定，甚至有超新星爆发的可能，因此空间站时时刻刻都在监控接收到的电磁波，希望可以早点察觉爆发的痕迹。几十年过去了，空间站收集到了非常丰富的恒星数据，也在后台不断演算。果然，有一个信号源的辐射在近几年不断增强。不是来自衰老的恒星燃灯，而是格里姆。

随着惜字塔和开天斧的工作进入中期，整个格里姆行星已经越来越接近一颗人类的大脑，甚至像脑电波一样不断向外发出电磁辐射。我所在的空间站经常落到近地轨道，完全在影响范围内。

换句话说，我的大脑被格里姆影响了，被姐姐影响了。那块墓砖，那颗月亮，都是姐姐心中执念在我精神世界的投影。

如果是这样的话，那就没什么好害怕的了。我相信，姐姐无论如何都不会伤害我，不管她变成了什么样子。

想明白这一点，我喜忧参半：忧的是星球电磁足以制造出近距离骗过大脑的墓砖，那么姐姐的转化程度恐怕已经很深了；喜的是，我似乎终于有了跟姐姐沟通的方法。

眼前的玉瑗已经铺满了舷窗外的天空，我决心不再调整航线，冲进姐姐创造出的最真实的幻象。

八 星人之语

从一号线地铁口接到姐姐，我带她去了新街口一家新式南京菜馆。

她还是那么清瘦，穿着和去年一样的宽松白T恤，用一款简单的黑色鲨鱼夹箍住将将垂到肩上的头发。脸上没有化妆的痕迹，岁月已经从眼角的纹路中展露了自己的存在。

与玉玦相比，那时的我反而更像“姐姐”：成熟的妆容，一身巴宝莉和卡地亚，随手背了YSL的爱神红。带头走进预约好的餐厅，我一落座就拿起了菜单。

“这家航天烤鸭很有特点，烤炉用的是开天斧的新型材料；群星糖芋苗和飞天狮子头也不错；天赐汤包不能错过，据说咬一口能给你带来半人马座的风味……随便点，这家有石顾的投资，我们多少也算股东了。”

姐姐只是低头看菜单，似乎读不懂这些花里胡哨的菜名和后面高昂的标价。

“服务员！”我伸出一只手在餐厅中招呼，“麻烦过来一下。这个碗是不是没洗干净？”

穿着围裙的女孩紧张地跑过来端详，想要分清碗里的几道黑线是污渍还是设计好的裂纹。但我没给她这个机会。

“换一套餐具，再送个菜给我们补偿，”我熟练地指指菜单，挂上严肃的面具，“不然叫你们经理来。”小姑娘赶忙应声，拿着碗筷低头走了。

“看到没，”我得意地冲姐姐笑，“免费甜品，屡试不爽。”

姐姐在对面看着我，还是一脸茫然和错愕。

“玉玦，毕业了？准备在国内发展吗？还是要回去？我觉得还是国内好，美国的星际殖民技术也就那样，比不上咱们的开天斧。”

姐姐张了张嘴，半天才说出话来。“毕业了。还是准备回国。”

“哇！好棒！那咱们姐妹就可以团聚了。”我条件反射地扯开嘴笑，“拿了哪里的offer？年薪多少？工资拿到手先别买房，等那些人走了，房价肯定得跌……当然大城市另说。还是优先投航天股吧，别看现在在高位，上涨空间不小呢！”说话时，我在心里快速盘算了一下自己家的投资组合。

“我还没有找到工作。”

“哦哦，那没事，可以来我们语言司，或者让石顾给找个关系。现在正缺人，总是有人突然决定要跑到几十光年外的星系去，真不知道有什么好……”

“小妹……”

“现在谁不知道，天赐计划有去无回，还是地球上好！哪里都是大牛市，我跟石顾二百平方米的新房就买到了新街口附近。当然不是全款，南京的房价一时半会儿还降不了，还是贷款合适。就是可惜我参加工作的时间还不够长，公积金贷不了多少款……”

“玉璜！”

“嗯？”我一下子停住了，姐姐很少喊我的名字。

“没事，我……你觉得天赐是件好事，对吗？”姐姐说得很慢，似乎觉得这些词句与这里格格不入。

“我觉得还挺好的。”我谨慎地回答。

“我很担心，”姐姐叹了口气，“我担心人类还没准备好。”

我的脑子一时没有转过来。“人类”这个词太大了，大到脱离了我日常熟悉的语境。“额，其实还好吧，技术上没什么门槛了，开天斧只用半年就造出来，殖民都还挺顺利的。”

“我说的不是技术科学，”姐姐再次打断我，“是人文科学，是语言。玉璜，你还记得我之前跟你说过的话吗？人类的相互理解是靠共同语境实现的，脱离了这些，语言就是苍白的符号而已……学了这么多年历时语言学，我能看到语言在巨大的时间尺度上发生了怎样的剧变：词汇的边界消失，be going to 变成 gonna；语义的重新分析，silly 的含义从‘幸福’变成‘愚蠢’。入侵者给殖民地发明拼写系统，古老的语言就此断根；强势文化席卷全球，快餐式的文字以天为单位兴盛衰亡……不管怎么说，毕竟是人类语言，多少还能找到些共性，甚至演变本身也有格里姆定律这样的规律可循，更别说全球化带来的文化共振了……但如果把这些人抛到宇宙里呢？语言脱离了共同环境，将会快速走向不可预知的演化道路。我们现在所有已知的人类文明，都会在这个无法停止的洪流中消失殆尽……”

“文明哪有这么脆弱……”

“文明不脆弱，但语言脆弱！”姐姐逐渐激动起来，“如果世间万物是复杂纠缠的齿轮，语言就是蜿蜒其中的柔软细丝，脆弱而坚韧地维系着整个系统。齿轮会碾它、扯它、拉它，但它却不会轻易折断，只会不断变形。只要齿轮挨得很近，语言在彼此之间总会有千丝万缕的联系，保有沟通和交流的可能。但天赐计划要做的事呢？把齿轮扔到几十、几百光年外的星系！语言的细丝一旦扯断，再连上可就太难了。最可怕的是，”姐姐顿了顿，“如果你永远都听不懂对方讲话，你还会当对方是人吗？”

我愣住了。姐姐的话像微风拂过海面，我听懂了每一个字，却无法理解它们连起来的含义。我拼命转动大脑，调动读书时的记忆，可是那些零件早就已经生锈了，尖叫着拒绝处理这段话，拒绝深度思考，让我想起过去听口音浓重的中年老师讲微积分时的感觉。

可这不是艰深的数学，是我曾经最爱的语言学，讲话人也不是陌生的老师，而是我最亲的姐姐啊！

有那么一会儿，我们只是看着彼此，桌上银河鱼头汤的蒸气让姐姐的面容飘忽不定。

“额……玉玦，累了吧，要不你今天先休息休息。”

姐姐深吸一口气，“还是说说你和石顾的新家吧。”

姐姐是第二天晚上走的，谁都没告诉，只留了一封信给我。

九 信与星

在太空中，一切都太过遥远。即使仪表盘上显示的速度再快，参照物巨大的尺度还是会让我觉得空间站是在朝玉瑷爬行。

这漫长的一周中，我第一万次想起姐姐不告而别的那天，托天赐中心的人交给石顾、最后又到了我手里的那封信。

信是手写的，姐姐娟秀的瘦金体。她在开头告诉我，在来南京前，她已经跟每一个亲近的人都见了面。有时只是寒暄，有时也说了些反对天赐计划的话。但没有人赞同她的观点。

然后是大段的技术资料和学术材料：关于“惜字塔”，关于开天斧，关于格里姆星。还有她在美国五年来一直奋斗的事业：延续赫尔辛基语料库——那是一个典型的英语历时语料库，横跨850—1720年，一共收录了1600万条词语，生动记录了语言的演化。

小妹，你知道吗？现代社会让我感到恐慌。信息传递速度太快

了，信息过载太严重了，深谙推荐算法之道的社交媒体造就了信息茧房，人与人之间的语境被迅速割裂……与历史割裂，与长辈割裂，与同袍割裂，甚至与自己的过去割裂。语言的迭代速度也是如此之快，没有一种方法可以描述它光怪陆离的变化轨迹。是的，再也不会有格里姆定律了……我只有在博物馆才会感到安全。……

第一次读到信时，我想起了和姐姐的南京博物院之行。那时她已经对现代语言的剧变感到担忧，而天赐时代的来临，更是让一切发生爆炸性变化。至于她害怕散落在遥远星球上的人类再也无法相互理解，细思也不无道理——毕竟只分别了不到五年，我和最亲爱的姐姐已经开始说不一样的语言。而到现在，我必须花费整整三个月去破解昔日枕边人石颀的信息，而他还不是最早踏入星空的那批人。

所以，她才做出了无法回头的决定：

独自前往一颗遥远的行星，让惜字塔和开天斧将她的大脑、连同她收集到的全新赫尔辛基语料库一起，镌刻在格里姆整座行星地质环境中。从此，脆弱、易逝的语言变成了沉默的星球，在漫长的改造过程中化为广阔宇宙中一块万年不会磨灭的墓砖，保留了千年来语言文字演化的痕迹——那将是人类走向群星前最后的共通语言。

那时，石颀花了一番心思才从负责天赐计划的同事那里拿到了姐姐的资料。

“玉玦是 15 号凌晨走的。她能拿出的抵押很少，选的恒星星系‘燃灯’在银冕最稀薄的边缘，几乎没有回来的可能……恒星燃灯本身也极不稳定，很可能在四万年内的任何时候爆发成中子星，这在天文学尺度上几乎就是一瞬间。但她还是去了……你说她这是图啥呀？留在地球有什么不好。现在可是黄金时代，稍微动点脑子就能发财……”

可姐姐图的并不是这些。在空间站无数次的回味中，我无比笃定：姐姐那晚对我说的话，既是告别，也是求救。

如果当时，我哪怕能理解一句姐姐的言语，她也不会最终绝望地离去吧。也正是这份无法释怀的愧疚，让我义无反顾地抛开已经拥有的一切，将自己的后半生囿于一个小小的空间站，只为有一线希望唤回姐姐，拯救她的生命。

石顾无法理解我，就像他无法理解玉玦。他毕竟是成长在大城市的独生子女，缺失了一整块关于手足之情的语境。姐姐说得对，我们确实不合适。

玉瑗越来越近了。

十 玉瑗

太空站要撞上玉瑗表面时，我没眨眼。

没有巨响，没有碰撞，只是像掠过了一层帷幔。我盯着那块墓砖，期待它带来自己的同伴。很快就有了。

空间站里开始出现各种各样的小物件：被撕烂的布娃娃，脸上只剩一颗黑豆豆一样的眼睛；59 分的高二数学试卷，错题旁有眼泪干掉的痕迹；粉色的山寨唇膏，抗过敏药。

它们就这样散落在空间站里，像墓砖一样遵循着莫须有的重力，甚至有几个从舷窗外飘了进来。我一样一样抓在手里细看，感受到了姐姐的痛苦。

我一直认为，拥有一个姐姐是很幸运的事，可姐姐也是这么觉得吗？永远的庇护者，永远的开路人，永远在成长的未知中跋涉，去踩每一个可能会踩到的坑。被欺负过，才知道保护弱者不被欺负多重要，挂过科，才知道哪些知识点最不容易掌握。我的一帆风顺，是姐姐咽下血泪后的暗自思忖：如果可以重新来过，我会……

姐姐第一次来南京、我们在博物院吵过之后，母亲曾告诉我，姐姐本来是想接我出国的。她不满足于美国普通高校给的奖学金，非要自费上名校，也是想帮我拓宽学术道路。但当时的我没有相信，只当姐姐太过自私——毕竟她留学后也总是劝我在国内读书，甚至不愿意分享一点儿申请经验。

直到现在，我亲眼看到了姐姐那时的物件：被标记得满满当当的英文课本，有几页充满了崩溃后的红色叉号；得了 C- 的小组论文，上面只有姐姐一个人的名字；打工记录表，有一栏的名目就是“攒钱给小妹读书”；药物，心理诊所长长的账单……我甚至看到了几个人的影子，都是美国学生的模样，他们看着我，带着假笑，带着茫然，带着疲惫。

我能理解：姐姐毕竟是小镇长成的少女，从没接触过什么外国人，突然来到一个纯英语学术环境，身边充满了从没听过的俚语和口语……我想起自己刚参加工作时跟外籍同事交流，他们有时也会露出这样的表情。很多外语专业的同学都有感触，读几年死书能把语言学到什么程度呢？想要传达的东西受限于表达能力只能一减再减，听到不懂的词句也只好傻傻赔笑。最后能不说，就不说，能不交流，就不交流。一道语言的壁垒，在这无法言喻的疲惫中隔阂了人心。

如果你永远都听不懂对方讲话，你还会当对方是人吗？

姐姐那段时间一定过得孤独又辛苦。所以她改了主意，一再阻止我追随她出国留学，害怕在那个环境无法庇佑我，害怕让我也经历这份痛苦。

突然，我看到了自己：一身巴宝莉和卡地亚，脸上画着大浓妆，坐在割裂了一半的餐桌前，随手把YSL的爱神红放在一边。我的脸上，竟然也是同样的假笑、茫然和疲惫，跟姐姐在美国见到的人一模一样。

我的眼泪流了下来。在美国找不到共鸣的姐姐，回家后也得不到安慰。仅仅五年语境的割裂，最爱的小妹也成长成了自己不认识的样子。我早就知道，那顿晚餐是压垮姐姐的最后一根稻草，所以我才抛弃了一切，拼命也要把姐姐唤回来。可我之前从没有想到，姐姐作为姐姐的一生，背负的东西比一颗星球还要沉重，结果换来的却是彻底的陌生与疏离。

怪不得在她眼中，天赐事件带来的未来是如此昏暗——人类注定要分崩离析，变成彼此敌对的物种。石颀发给我们的信息也证实了这一点：这才多少年啊，战火已经燃起了。

可是姐姐，墓砖只是墓砖而已，你将大脑化为一颗星球，也无法改变任何东西。难道这一切的一切，都只是为了千万年后早已分化的异种能有地方凭吊一颗古旧地球的文明残影吗？

能被解读的文字才有意义，如果刻在石头上的痕迹没有人能理解，跟月球上的陨石坑又有什么区别呢？

姐姐，你这又是何苦呢？

我在过去的残影中蜷起身子，眼泪像融化的珍珠一样飘浮在空中。

十一 格里姆定律

“你以为，我只是想变成一块墓砖吗？”

玉玦从“我”的幻影中起身，穿着宽大的白T恤，还是26岁时的模样。

我的眼泪立刻流了下来，恨不得直接冲上去抱住她。面孔的模样、身体的触感、熟悉的声音……都只不过是被劫持的神经在大脑中形成的幻象。

“姐姐……”

“听”到我的呼唤，玉玦的表情没有一点儿波动。淡然而冷漠，就好像石头雕成的佛像，早已看透了世间的一切。

“天赐事件赋予人类的星星太多，每个殖民者都有为星球命名的权利。没错，‘格里姆’这个名字是我取的。”

“我知道！姐姐是为了纪念格里姆定律对吗？那个语言演变的规则。”我条件反射地回答，不想让姐姐觉得我疏于学业……啊，这都多少年过去了，我的实际年龄已经比她大了几十岁，面容也在无法完全挡住的太空辐射中垮塌，但她永远是我的姐姐。

“不仅是纪念而已，”玉玦摇摇头，“你没有发现吗？惜字塔赋予格里姆星的并非一个静态的赫尔辛基语料库，不然只需要将字符刻进山峦，哪用得着分解人类大脑？我选择与行星融为一体，与巨大的历时语料库融为一体，不仅是为了留下永恒的墓砖，更是为了亲身演算语言的演化规律——星际时代的格里姆定律。我原本想在语言剧变时代找到一条联系过去与未来、联系语种与语种之间的细丝。只要这缕细丝不断，无论人类分别奔赴多么遥远的星球，依然存在一个共享的语境，存在彼此理解的可能。”

“姐姐，你找到了吗？”我的心跳得越来越快，因为喜悦，因为一个全新的可能与希望——能为玉玦完成梦想，也能在一个漫长的时间尺度上停止干戈。

“基于人类大脑生理基础的定律。已经差不多了。不然你以为，我是如何通过操纵脑电波与你对话的？”

“那太好了，也许我们可以一起……”

“我知道你在想什么，”玉玦踏着坚实的“地板”向我走来，宽大的白色上衣在无风的环境中猎猎飞舞。和创造玉瑗时一样，她下意识地模拟了母星的环境，“你想操纵超新星爆发，你想把我创造的一切都毁灭，你想……”

“把字刻在光里！”我激动地说，“对于眼前这颗衰老的恒星燃灯，只要扰动足够精确、干预量级足够巨大，它就会提前爆发，变成一颗周期性向宇宙发出电磁脉冲信号的中子星，一个星空间近乎永恒的灯塔。”

只要底层结构精细到一定程度，组成信息的物质本身就失去了意义。

“赫尔辛基语料库、星际格里姆定律……只要接收到这些信息的人类有心，就能找到剧烈分化前的语言根基，然后根据演化定律推演出其他人类社群所使用的语言。我相信，只要能重现开始沟通、交流，战争迟早会停止的！”

十二 璜与玦

“这是不可能成功的，”读清我的所思所想后，姐姐的表情仍然没有什么变化，“你想得太简单了。”

“是有可能的！”我急着辩解，“石顾发过来的那些单程信，你肯定也在我的脑子里读到了。在天赐时代，人们也许忽视了彼此间的交流，但天体物理学急速发展，随着不同时期观察样本的暴增，人类对恒星的了解达到了前所未有的程度。而且空间站这么多年一直在收集恒星燃灯的电磁辐射资料，这一点绝对能做到。”

“就算技术上能做到，对我来说又有什么意义呢？”姐姐打断了我，“行星的生命，我的生命，是人类这种三季人无法想象的漫长。人类文明诞生以来产生的所有语言资料都在我的胸腹中缓慢流转，光是感受它们的存在就令人安心。小妹，我努力去破解终极格里姆演化定律，去探索语言与人类大脑的关系，也是为了有办法在此时此刻把我的想法传递出来，是为了你啊。”

“我？”

姐姐点点头，脸色依然淡漠，“小妹，你知道吗，这么多年来，你的每一句呼唤我都能听到。我很欣慰，真的。最后那次南京之行，我已经走到了绝望和崩溃的边缘。天赐时代带来的语境割裂，已经让人类像一块破碎的墓砖般四分五裂，没有人再去在意其他人的想法，只想快点往前走，往深空里走，扯断维系文明整体的那一根根丝线，让此时口中的音节被全新的语境污染……如果没有人听懂我的话，生命的意义就只剩孤独，那跟蜷缩成一块星空中的墓砖有什么区别呢？尽管一切就绪，我还是回来了……因为，你是我最后的希望啊。”

“我……”可那时的我已经跟着石顾落进了纸醉金迷的生活，生生打碎了姐姐的希望。

“可是，你还是来了，追着我来到了格里姆星。我听到你的呼唤，可已经没法回头，只能越走越深，走向另一个极端，才能用飘逸到太空中的辐射与你交谈。但你知道吗？我一点儿都不后悔。你愿意跟我一起来吗？把我已经冷透的身体从惜字塔里拖出来，然后自己走进去，再次开启机器。格里姆的空间还很大，我们可以共享美好而永恒的行星生命，以前所未有的方式融合思维，理解彼此的程度将比历史上任何一双人类还要深刻……小妹，你是我最珍惜的人，让我们永远在一起吧。”

我看着姐姐没有表情的面孔，竟然有那么一丝心动——不再管什么易逝的语言、什么崩裂的文明，只有我们两个人，只有思维深处最和谐的共鸣……融为一体，永恒如星。

不，这不是我想要的。尽管石顾的信息已经无法看懂，尽管最近的人类也在几十光年之外，尽管为了适应各种星球的环境，他们已经变得像蛩虫、像海胆、像气态海洋中的群鹰，但作为一个有血有肉的生物，我还是能想象得到战火燃至家园、利刃扎进骨肉的痛苦。对生的渴求，对死的恐惧，对爱的向往……这才是碳基生物最底层的共同语境，甚至是“君子远庖厨”式的共情。我无法在本可以被阻止的灾难中独善其身。

“姐姐，你在说什么？”我大声说，尽管知道空气的振动传不进任何一双耳朵里，“你看看石顾最近的信息，已经变异到连我都几乎看不懂的程度……人类像你预言的那样分崩离析，语言的隔阂最终变成了战争，而我们是唯一的希望。他们早晚都会来燃灯星系，我们得快点建起灯塔——”

“人类糟蹋了母星这么多年，核战争也没伤动地球分毫，当你成为星球本身，又何必在意这些朝生暮死的蚍蜉来来去去？只要你在他们来之前完成惜字塔里的改造……不用，就算他们来了，我也有能力让他们生不如死。”玉玦笑了，令人毛骨悚然。

“姐姐……你是不是，已经不再把那些人当成人了？”这个念头闪过时，我也被自己吓到了。我突然意识到，我正在做的更多是阻止姐姐丢失人性，变成连她自己都无法忍受的样子……

“我……”她的面孔上闪过一丝茫然。

“玉玦，你不记得了吗？你胸中所钟爱的语言，都是这些所谓‘蚍蜉’创造的。语言在无数短暂但坚韧的生命接力中演化，在对死亡的恐惧和爱的向往中升华，它的丰富和活力也源于这里。如果没有人去读、去理解，刻在墓砖上的文字才真的已经死了。”

玉玦沉默以对。她的影子没有呼吸的起伏，像一幅画。

“姐姐，我记得，你当时最害怕的就是人与人之间无法互相理解，对吗？你化为星球寻找格里姆定律，不就是想证明语言的联系不断，人类还可以相互理解吗？为了语言学奉献一生，如今我们终于有了办法，可以让散落在星空里的人类再次听懂彼此的心声，重启团结和平的伟大文明，这样才能创造更多、更丰富的语言啊……姐姐，在这最关键的时候，你怎么能选择自私和逃避呢？姐姐，救救万千生命，也救救你自己吧……”

玉玦还是没有说话。时间缓缓过去，她的影子变淡了，所有的幻象似乎都蒙上了一层轻纱。

小小的空间站里，落下了一道光。

不，那不是幻觉，是恒星燃灯的光芒越过格里姆星的边缘，直直灌进了空间站。过去，我总是把轨道放得低，满眼都是一片灰红的格里姆星，都是姐姐，很少看到这种景象。但这次，追着卫星玉瑗，我终于目睹了太空日出。

回过神来，玉玦和其他幻象都已经消失了。我流了好多泪，也流了好多汗，像软体动物一样瘫在半空中。

但我知道，那束光就是姐姐的答案。

十三 永恒言灯

其实有一个姐姐，也并非全是幸福。

玉玦是如此优秀，身为妹妹永远逃不开被比较的阴影。小时候，人们总说玉玦人如其名，有决心有冲劲，什么都敢尝试，就算一开始碰壁，也能立刻爬起来，取得优秀的成果。每次考试都有新进步，每次比赛都有新名次。“玉璜那孩子倒是稳，没那种闯劲，发展不一定比玉玦好。”偶尔听到一两次，我的心里总是慌慌的，总担心追不上姐姐。尤其是玉玦上了哈佛后，留在国内的我更加焦虑，找了好几个机会想去国外交流，但总被事情耽搁。后来，我搭天赐事件的顺风取得了世俗上的成功，见姐姐时也故意打扮得珠光宝气，还是童年埋下的小心思在作祟。

十几年前，姐姐还是先我一步。她为整个人类文明留下了语言的墓碑，而我却只想着天天唤她回来，以释怀心中的愧疚、找回人生路上永远的依赖。就算追她来到了离地球最遥远的星星，住在心里的“邻居”们还在说“玉璜还是那个在姐姐羽翼下安行的小妹啊”。

但现在，终于轮到我走在前面开路，拉着姐姐前进了。

真好，就这样一起变成光吧。

在这道光中，将会有姐姐穷尽学术生涯完善的赫尔辛基语料库，也有她在惜字塔里燃烧生命演算得来的星际格里姆定律。这是人类最后的共同的语境，也是语言演化规律的基本法则。

在这道光中，语言将在真正意义上跨越时间与空间的巨大尺度，向每一个愿意倾听的地球之子广播。我相信，就算因为隔阂交战，只要那些落户在群星里的人类还有沟通的渴望，他们一定会破解这些信息，重新获得交流的可能……结局会是怎样，文明是否还能弥合，就交给后人去操心吧，我们已经燃起了希望的灯火。

姐姐，这就是选择“守护”的感觉吗？

布下指令，开天斧开始全功率运转。行星将进行最后的轨道调整，将有效信息压入地核。

198 天后，行星将划过三个椭圆形的绕恒星轨道，最后以精准的角度撞入恒星，引起一场有预谋的超新星爆发。

掀开惜字塔，我跪在姐姐身边，在越来越耀眼的光芒中，轻轻握住了她的手。

参考资料：

[1] Chomsky N. Language and Problems of Knowledge: The Managua Lectures. 1988.

[2] Fillmore C. J. Types of Lexical Information. Springer Netherlands, 1969.

[3] Foley W. A. The Role of Theory in Language Description. 1993.

[4] 劳蕾尔 · J. 布林顿，伊丽莎白 · 克 . 词汇化与语言演变 . 商务印书馆，2013.

[5] 刘润清 . 西方语言学流派 . 外语教学与研究出版社，2013.

[6] 露易丝 · 格里克 . 直到世界反映了灵魂最深层的需要 . 上海人民出版社，2016.

[7] 苏静 . 知日 · 和制汉语 . 中信出版社，2015.

完美的破缺

一

我不记得几时与赵明远相遇相知，但若有人问起，我会想到那个一起看电影的下午。

电影改编自一部经典中篇小说，讲的是一个语言学家和一个物理学家携手破解外星语言。电影中的人类学会那门语言后，全都获得了预知未来的超能力。

特别巧，我读的就是语言学专业，而他是学物理的。

尽管两人都看过这部电影，对原著也十分熟悉，但这次感受完全不同。之前由于缺乏专业知识，我对电影里物理学相关的内容始终一知半解，赵明远坦诚他对语言学部分也是这样。

不过这回，我们在看电影的过程中随时暂停，用自己的专业知识努力为对方解惑。赵明远替我细细解释了最小作用量原理，而我则负责讲解萨丕尔—沃尔夫假说，也就是语言与思维的关系。

长久以来，人们认为语言是思维的外壳，带着强烈的地域特征和文化特点。研究一个国家和一个民族，不能不研究他们的语言。

有的学者认为，一个文化作品篇章的组织方式就有语言和文化的特殊性，反映了作品所在文化人们的思维模式。比如英语的组织和发展就是直线形，每个段落先有一个“主题句”，后面的句子就都围绕主题句所呈现的中心思想发展；阿拉伯人和以色列人用闪语语系的语言，写东西时会采取各种复杂的平行结构；而说罗曼语和俄语的人则喜欢在行文的过程中加上一些似乎离题的插曲。

我拿出课本上的思维模式图给他一一讲解，明远直言还是英语看上去最简单。

“所以说思维会影响语言啊。反过来，学习一个新的语言，你的思维很可能也会随之改变。不同的语言决定人不同的思维模式，这就是著名的萨丕尔—沃尔夫假说。”

“语言的力量这么强大?”

“嗯……不过说到底也只是个假设。你要是不认同也没关系，这和你们物理学定律不一样，学界争论了很久也没有定论。”

“物理学也有很多没定论的东西呀。就像现在到处都在炒量子计算机，但还没有人知道该如何高效操作微观量子态。提出的方案很多，比如谷歌的……”

他后面说的话对我来说不异于天书。同样使用汉字，我们用的大概不是同一种语言吧。但他谈起这些时，面孔在闪闪发光。

那天晚上，我在朋友圈发了三张电影截图，是身为语言学家的女主角在星空下感慨。

“相信我。”

“就算是懂得了所有的沟通方式。”

“最后还是一个人。”

五分钟后，我看到他也发了一条。同样是电影截图，画面中是身为物理学家的男主角。

“从小我就喜欢抬起头来仰望星空。”

“你知道最让我吃惊的是什么吗？”

“并不是见到外星人。”

“而是遇见你。”

二

有时候，一见钟情并没有想象中那么美好。在还不了解一个人的时候爱上他，人生会崎岖太多。稍微有点接触后，我立刻知道彼此不是一个世界的人：他早就做好了出国读博的打算，而我破碎的家庭并没有那个条件。现在在一起，几乎可以看见两年后必定两散的结局。但他不想放弃。

“先别管未来了，好吗？以后的事以后再说。”

明远望着我，柔柔的目光几乎能将我融化。他好像完全看透了眼前的女孩，伸出一双无形的手穿进胸腔捧住了我的心脏，然后轻轻抚摸……

我没法拒绝他。

和明远在一起后，我们几乎形影不离。外人看来联珠合璧、琴瑟和鸣，甚至从来不会吵架，但只有我们自己知道，两人都只是彼此生命中的过客。

就算如此，我还是在努力创造属于两个人的美好回忆。在内心深处，我一直在默默祈祷他有一天会改变主意，会想办法带我走，或是为我留下……

巧的是，我们两人都是校级社团绿光环保社的成员。这个社团的人很少，我完全可以理解。无数孩子都为孤零零立在融化冰川上的北极熊流过泪，但等大部分人过了义愤填膺的年纪，就会发现环境保护是一个太过宏大的议题。政治、经济、历史……所有的因素揉成一团，没有一个问题是喊喊口号就可以轻易解决的。我加入这个社团，也只是想从最微观的角度去帮助几个最弱小的个人。我一直不知道明远为什么会加入，但我相信这是源自他心底的善良。

大三下学期，绿光发起了一项名叫“我为家乡护水”的社会调研活动，和我一个小组的自然是明远。我们去了城市边缘的小村庄，带着调查问卷走访各位村长、支书。

顶着省内最强大学的名头，事情还算顺利。我们先采访了东坊村的村支部书记，他介绍说村里的水源是一口深井。在村支书的带领下，我们走了很久才到了村子北边的水源地。该井井深 150 米，被全封闭保护在一个小砖房中，唯一的铁门常年上锁，以保证水源安全。从井中取出的地下水通过管道输往全村的各家各户，不经过任何方式处理。如需饮用，村民习惯将水烧开。

“只有一口井，够用吗？”

“够了够了。我们村人少，就 200 多人。”

“可这个井位置那么偏，为什么不直接用旁边宁河的水？”正在做记录的明远突然抬起头发问。

“每个村的情况不一样。”村支书简单回答。

告别村支书，我们特地去看了宁河。这条小河绕着城市蜿蜒而来，水质清冽，本该是这里最合适的水源。东坊村舍近求远，一定有问题。

明远提出去下游的宁安村看看。那个村子更加偏远，不在走访计划中，我们甚至不知道具体的路线。但我还是答应了——我知道，明远是负责写调查报告的，他的大脑不允许逻辑漏洞的出现。

走了很久的小路，我们的衣服都沾染上了飞扬的尘土。村子看起来比东坊村破败不少，但人口多多了。很多老人在各家门口纳凉，一片宁静安详。

我们走走停停，打算找一两个年轻人问问，但一直未能如愿。

这时，我们看到一个打扮入时的姑娘从屋子里走出来。我先一步上前，询问她是否有空接受一个小小的问卷调查。

姑娘看上去不太友善，一听我们是调查水资源的，眼圈一下子红了。

“是水，就是这水害我妈生了病！”

我们这才知道，看似清澈的宁河已经被彻底污染了。

来不及填埋的生活垃圾就那样堆在上游的空地上，形成了座座连绵起伏的小山。惹人作呕的气味远远飘来，近看更像一具不断腐烂的尸体。发着恶臭的瓜果剩饭，沾着血污的破衣烂衫，还有不少电子残骸。它们在一个个破损的塑料袋中翻滚出来，形成巨人细碎的内脏。

宁河就从垃圾山旁流过，任由尸液侵染。

姑娘告诉我，宁安村之前不知道垃圾山的存在，直到村民们不断染上恶疾才发现了这隐藏的毒库。举报成功后，清理程序已经开始提上日程，但污染造成的后果已经无法挽回了。如今，村里稍有能力的人都已经出走，留下的都是患病的老人。我们看见的不是安静祥和的夕阳村落，而是无奈绝望的活死人墓。姑娘的母亲也刚确诊绝症，正在市里的医院接受治疗。

三

那天回来之后，我和明远的心情都很低落。

我正欲和他诉说，没想到明远先开了口。

“沈念念，不过是萍水相逢，你捐什么钱啊？自己下个学年的学费都还没攒齐呢。”

“什么？”

我没想到他会介意这个。

“我说你为什么给宁安村那家人捐钱。看人家的打扮缺你这点钱吗？”

我心口一堵，姑娘朝我们哭诉的样子又浮现在眼前。

“可赵姑娘多不容易啊。好不容易考上大学，工作刚有点起色，唯一的亲人又因为污染得了绝症……”我没告诉过明远，我曾经也是那个绝望又无奈的姑娘，逆着全村人的白眼借钱上学，稍有曙光的未来被医院的账单生生压垮，唯一的亲人又时日无多……眼泪不自觉落了下来。

“是你的同情心太泛滥了。再说你这点钱，能帮几个人？”

“我……能帮一个是一个。”

“你这样做只是为了自己安心而已，根本没有想过如何解决根本问题。”

我被刺痛了。明远确实了解我。捐出为数不多的存款也只是为了让自己的良心好过，这样就可以暂时逃避更难以解决的问题。

那天晚上，明远为他的失言诚心向我道歉。我知道他是为我好，也就没有多说什么。但他的话还是让我彻夜未眠。

我很早就意识到，污染和每一个人都有关系。城里人随手浪费、回收不及，才造成了高高的垃圾山，只不过没有人会在意垃圾箱是不是那些有害物质的最终归宿。2008 年的限塑令让人们稍稍收敛，但随着快递业、外卖业的飞速发展，过度包装使得白色污染直线上升。全球变暖加剧，北极熊随着浮冰漂向没有立足之地的大洋，汽车持有率仍然居高不下……

为了城里干净，把碍眼的垃圾丢向村落。为了一时方便，给盒饭套上三四个塑料袋。为了见人有面子，大排量汽车买了又买。

人类的共情能力太有限了，有限到只能关注目之所及的地方，不会去管其他人的死活。这样原始的生理基础，怎么去适应这个全球化的世纪，去承担整个人类社会一荣俱荣一损俱损的责任啊。

而要解决这个问题，就必须将共情能力无限放大，让整个人类真正成为彼此在意的兄弟姐妹，而不是对远在天边的陌生人无动于衷。

可是，我又能做些什么呢？

四

“你要发明一门语言？”明远重复我的话，露出难以置信的表情。

我点了点头。

“来解决污染问题？”

“还有其他所有的问题。战争、贫困、犯罪。”

“小猫咪没睡醒吧？”

他笑了，把手放在我的发旋上轻轻揉了几下。

“我是说真的。萨丕尔—沃尔夫假说还记得吧？我和你讲过的。”

“啊，是吗？”

“就是说语言可以影响人的思维……别看了，听我说完啊。”

明远收回拿书的手，无奈地望着我。他不以为然的态度让我生气，明明追我时还一副对语言学很感兴趣的样子。

“现存的语言其实都是有缺陷的，它们仅仅是思维的外壳，是交流的残骸，只能传递有限的信息，远远无法实现人类个体间的深刻理解。我要发明一种能够完美实现沟通功能的语言，让人们从生理层面真切了解自己的行为给他人带来的痛苦。久而久之，人们的思维模式也会变得利他，这样很多悲剧就不会发生……”

“唉，念念，说你什么好……”明远又露出了那种表情，像在看一只天真的小猫咪。我给赵姑娘家捐款的时候，他在一边也是这样看着我。

“念念，你真觉得一门完美的语言就可以解决这个世界上所有的问题吗？你有没有想过人类文明发展的基石是什么？”

“什么？”

“科学技术啊。仓廪实而知礼节，衣食足而知荣辱。只有科学的进步带动生产力发展，人们吃饱穿暖了才会有工夫去关心其他人、做善事。想靠语言来实现世界大同未免太天真了。”

“我只是……尽自己的力气想些办法。”我低下头，泪水又在眼里打转儿。

“你呀，别想那么多了，把自己护好就行了。好吗？”

明远把我抱在怀里，轻声安慰。

后来我们又去医院看望过几次赵妈妈。老人家瘦得只剩骨头，蜷缩在病床上素色的被单里，被各式各样的插管、仪器深深掩埋。我的眼泪止不住流：这个场景跟母亲去世前一模一样。

为了筹集医药费，赵姑娘找了三份工作轮班倒。有那么几次，我看见她躲在医院的角落偷偷落泪。明明和我年纪相仿，肩膀也是一样瘦弱，却要承受这么多。赵姑娘的痛苦和那座流脓的垃圾山一起，重重压在我的心上。

明远似乎感受不到这些。赵姑娘在我怀里一抽一抽地哭泣时，他只是在医院大厅默默看着人群。如果不是担心我的安危，他来都不会来。

在明远眼里，芸芸大众组成了庸庸碌碌的人类，只待天才来提升整体文明程度，个人的喜怒哀乐不值一提。但我做不到。每个人都是独特的，都值得被理解，都应该被拯救。

我看不见宏远的图景，他看不见挣扎的众生。

五

那天回去时，我们发生了第一次争吵。我质问他到底有没有感情，在那种环境下，怎么能当一个无动于衷的机器人。他则搬出那些大道理回击，说现阶段环境问题非常复杂，盲目的圣母心是解决不了任何问题的。

“你不要太理想主义了。你有没有想过关了工厂环境是好了，但工人们会失业；少乘飞机能减少排放，但社会效率低了；连全球变暖还是变冷都还是一个没有定论的问题……”

“所以我们就什么都不做吗？连救一个人都不行吗？”

“那么多人是救不过来的。”

“那你还参加什么环保社！”

他一时沉默不语。我突然明白了：对他来说，社团经历只是拿来为简历增光的工具罢了，有些国外大学很看重这个。环保社里这种人不少，社会上更多。不少摇旗呐喊的运动者觉得“环保”是个很好用的招牌，以至于真正关注环境问题的活动都被埋没了。没想到他也是其中的一员。

也许，他的心里从来没有装下过任何一个人，甚至包括……

“如果你要出国，我们……我们还是要分手，对不对？”

“恐怕是这样的。”他顿了顿，“其实我已经拿到 offer 了，下个月就要去实验室。”

“下个月？你打算什么时候告诉我？”

他不再说话了。

我抬头望向他，那双温柔的、具有欺骗性的眼睛背后藏着一颗和现实一样坚硬、丝毫没有共情能力的心。他可以拿出那么多精力爱我，也可以瞒着我寄出申请，在奔前途的前夕将我抛弃，全然不顾我已经沦陷得多深。环保社是他申请学校的工具，我也是他本科期间享受爱情的工具。我流着眼泪诉说对亡母的思念时，他有过一丝动容吗？我不自觉地在一次次聊天中迎合他，希望成为他唯一的知己时，他心里想的是未来在硅谷找一位与他地位相配的妻子吗？或者说，他曾经爱过我吗？

相遇有多美好，分别的撕裂就有多痛苦。尽管心怀怨恨，收到他准备启程的短信后，我还是忍不住去了机场。

远远看着他离去的背影，我止不住流泪。我知道从今往后，自己也会落进他眼里的庸庸大众。曾被这位站在云端俯瞰人间的物理学子视若珍宝，不知道是幸运还是不幸。

情感的伤痛一时难以平复，为了转移注意力，我全身心投入了“完美语言”工程。

创造新的语言说来不易，但也不全是梦中呓语。从古至今，人造语言都是学者们实现自己主张的有力工具之一。1982 年，一位语言学博士创造了拉丹语，用于对抗“以男性为中心的语言对女性的限制”。这门语言充满了精妙的词语来描述个人感情和人与人之间的微妙羁绊。以“爱（love）”为例，每一种“爱”都有专门的词语来描述。比如对静物的爱(A)，对不敬者的爱（Ab），对血亲的爱（Am），灵魂对灵魂的爱（Oothadama）以及成为负担的爱（Aye）。这些丰富而细腻的词汇表达了个人模糊的感受，能够更好地传达女性想法。此外，还有为“消除人类交流中歧义”的逻辑语，遵循严格的“言文一致”和“形意一致”，拥有 120 多种的语法词。

当然，最著名的人造语言还是世界语。怀着世界大同的理想，柴门霍夫在几门欧洲语言的基础上发明了这一简单易学的语言，近代中国也曾掀起一阵推广风潮，至今还有不少爱好者使用。

我查阅了很多资料，也走访了不少会讲人造语言的家庭，甚至自学了世界语和拉丹语。可我越研究越失望。一来这些语言使用人数少，未来也没有流行开来的趋势，二来它们只能各自满足一个特性，离我想要的完美语言相去甚远。

人造语言分破空语和后成语，前者不采用现存的任何语言，完全用另一套符号与发音系统，后者则混合采用现有语言中的若干发音和语法结构。

现在看来，后成语的路是走不通了。要实现我的最终理想，难道必须彻底抛弃人类现有的语言结构吗？

想要破空谈何容易，我一下子跌入了语言的真空。再加上明远的无情，顿时感到无依无靠。

六

时间慢慢过去，我只得暂时放下人造语言的梦想，转而专心于学业。

再见赵姑娘时，阿姨的病情已经稳定了。她说医疗费已经基本筹齐，自己也在公司得到了提拔。我由衷为她感到高兴。

认识赵姑娘一年来，我发现我们性格相似、志趣相投。随着对彼此理解的加深，我们成了无话不谈的知己。

在她的帮助下，我才知道宁安村的状况比我想象得更糟。

垃圾山的治理依然很缓慢。和东坊村不一样，宁安村里没有一口水井，村民们也无力负担在外引水的费用，只能出走。

与此同时，整个地球也在被危机笼罩。我还记得几年前《国家地理》出了一期主题为“塑料星球”的杂志，生动展现了垃圾对自然界的损害：被塑料缠绕窒息的水鸟，深陷在尼龙绳索中的海龟，在垃圾填埋场中茫然四顾的鬣狗……场景可谓触目惊心。可惜这样的坏消息远不如爆火的娱乐产品吸引人的眼球，在整个人类社会没有掀起一点儿涟漪。我和赵姑娘稍作调查，便得知塑料制品的产量依然爆炸式上涨。再加上其他难以降解的肥料，人们向看不见的地方倾泻的垃圾已远不止座座山峦，简直变成了包围人类文明的汪洋大海。

夜里，毁掉宁安村的垃圾山再次出现在了我的梦中。只是走近一看，塑料袋里漏出来的不是废料垃圾，而是惨白纠缠的人类肢体。明明如此紧密，所有的面孔却冷漠茫然，不肯将目光落向彼此……

我惊醒了。窗外星光璀璨，我却感到孤独异常。同在一颗星球上，同为一个物种，文明发展千百年，号称高等动物的人类为何还会互相伤害？难道所有人都像赵明远一样失去了共情能力？在乎一下别人的感受，真的那么难吗？

我披上衣服，翻出了尘封许久的人造语言资料。那些精巧的语言凝结了各式各样的理想，最终淹没在世俗的尘埃中。不过，这些学者都坚持到了自己生命最后一刻，我又有什么理由放弃呢？真理无涯，只要一直在路上，进一寸就有一寸的惊喜啊。

这时，我心里一动。

我之所以会与这些素未谋面的语言学家产生共鸣，不过是因为自己也有类似的经历，身体做出了相似的情感反应。

我同情萍水相逢的赵姑娘也是如此。我们都是在重男轻女的环境中长大，用坚忍要强的性格包裹住了柔软的内心。我们的母亲也是那么相似，为孩子操劳一生，无条件支持孩子每一个决定，只是还没享福就患上了疾病……那天，我一看见赵姑娘的眼神就懂了一切。

所以说，真正的相互理解是不存在的。每个人都是孤岛，感同身受也只是大脑回想起了自身差不多的情感经历。

身份相差越大，感同身受越难。

但也不一定。毕竟我们都是人类，共享一套几乎完全相同的生理基础。快乐会笑，悲伤会哭，再冷漠的人也会动情。

而所谓的“完美语言”，就是唤起绝对共情的开关！

七

通过语言唤起共情不是没有先例。

传世名著中，一句“食尽鸟投林，落了片白茫茫大地真干净”，惹几代人哀叹世事无常、荣华没落；伤情歌曲里，充满韵律的歌词让无数听众深夜感怀、不能自已；电影院里，几十个陌生人相聚一堂，被导演精心安排的镜头语言戳中泪点、不忍啜泣。

只要收集那些最容易打动人心的语言样本制成语料库，再与相应的情绪反应做对比分析，一定可以找出它们的共性。经过初步筛选，它们将成为完美语言的“原材料”。然后，我会调整发音法则、语法规定和行文方式，使之适应人类的语言习惯。如果一切顺利，“完美语言”将不再是语言，而是改变现实世界的咒语。一旦发出，声波和文墨所承载的将是穿越时空的切实情感。

实现这些，首先要有超强的算力支撑。

我向学校的计算机学院求助，却得知排队等着用超级计算机的项目极多，就是国家重点实验室的研究也分不到太多算力资源，个人研究更是要等到猴年马月。

我等不了那么久。每耽搁一秒，世人的冷漠就会多伤害彼此一分。

可我的项目实在太玄，几个实验室都驳回了申用超级计算机的请求。我没有办法，联系了好几个在各个高校深造的昔日校友，希望能帮我一把。

大家都没能带来好消息。不过，一位物理学院的同学向我提到了明远。

“听说量子计算机领域最近有了突破，为什么不找找他？”

“我们……早就分手了。”

“不是和平分手吗？不至于做不成朋友吧。他做对不起你的事了？”

我摇摇头。当然没有。他认认真真尽了男朋友的责任，像扮演其他角色一样。只是他站得太高、太远了，高远到看不见我所关心的一切。

“唉，其实明远也挺理想主义的。他的能力做什么不好，偏偏去选这个前景不明朗的方向……”

“不明朗？量子计算机不是挺火的吗？”

“火是火，还有不少人说它是下一次科技革命的源头。不过真正意义上的量子计算机出现之前，谁都不知道哪种技术才会被时代之神眷顾，现在做研究的很多都是在替后人试错罢了。至于明远，他能取得突破实在很幸运。”

我想起很久以前，明远在和我约会时也不忘带着论文看。他那么聪明又努力，怎么会不被眷顾呢？

“唉，之前我都没发现明远是那么有情怀的人。”

“情怀？他？”

“是啊。去年我们还聊呢。上到人工智能，下到基础数理，很多依托大数据、统计学的研究都不得不处理超大数量级的东西。明远说只有开启算力时代才能真正打破现行无数研究的壁垒，才能实现人类生产力的下一个飞跃和文明水平的显著提升。和他相比，我们这些只关心待遇、房产的人，俗了。”

我低下头喝水，想掩饰泛红的眼眶。我想起几年前去看赵姑娘的母亲时，他坐在医院大厅看来来往往的人群，眼神很空。原以为他看不起、看不见这些为生计奔波的平庸之人，才会怪我总是同情心泛滥。

原来他和我守护的，是同一个梦想。

八

踌躇了很久，我终于决定向他求助。

在邮件里敲出“明远”两个字时，尘封的感情再一次汹涌而出。他还好吗？他在做什么？他有没有找到新的爱人，会不会也抚着她的头发，用“小猫咪”轻轻唤她？我的手指在键盘上停了半晌，直到这些不应该存在的感情缓缓沉寂。我告诉自己，我们已经分手了，他的一切与我无关。

邮件写了五遍。内容不多，我简单介绍了一下实验理念，求他用原型机帮忙跑海量的语言数据。我细细检查，不过为了确保没有在字里行间流露对他的思念。多么讽刺啊，我用尽办法创造完美传递情感的语言，此时却又庆幸语言可以如此干瘪苍白，仅仅传递我想要的信息。

发送之后，我长舒一口气，拭去了眼角的泪。

坐立不安地等了足足三周，没等来明远的答复，却等来了赵姑娘母亲病危的消息。

我急忙赶到医院，赵姑娘正在急救室的椅子上抹泪。看见我，她踉跄地扑到了我的怀里。

“怎么回事？阿姨的病不是……”

赵姑娘哭得上气不接下气，好半天我才搞清了事情的原委。

原来，病情虽然暂时控制住了，但每天的医药费仍是个不小的负担。几次大手术过后，赵母每天都被并发症折磨。她不想再连累女儿，也妄求一个解脱，趁治疗间隙回家休养的机会喝下了半瓶百草枯。尽管农药中加了催吐成分，但赵母喝下的剂量还是足以致命，赵姑娘很快就收到了病危通知书。她无依无靠，只能打电话叫我帮忙。

来到病房里，赵母的脸色竟比这几月来都要好。我知道这只是假象。百草枯中毒的患者几日内和常人无异，但很快就会死于肺纤维化。

赵姑娘趴在母亲腿上号啕大哭，一旁的医生护士看了也忍不住流泪。赵母轻轻抚着女儿的头发，望向我的神情却是冷静而超脱。

"念念。"

"我在。"

"这几年真是麻烦你了。我走后，闺女就拜托给你了。"

"阿姨，您还……"

赵母摆摆手，苦笑了一下。

"这药的威力我可知道。前几天有个老姐妹也是这样解脱的。唉，你们也别太难过，我这辈子也就这样了……"

赵母低头看女儿，眼泪落了下来。

她没有再说话，但我分明看到满腔郁结着复杂的情感无法表达。最终促使她喝下毒药的，究竟是对人生的绝望，还是看透了世界的终局？

我不知道。她说不出。

含泪的双眼流转千百情感，我想听懂全部。

九

安抚了赵姑娘母女，我即刻买好机票，只身赶赴异国他乡。

明远在他的实验室接待了我。

未及叙旧，我直接抓住他的胳膊，质问他为何不回我邮件。

“我不想让你失望。”他像往常一样轻轻握住我的手，声音很平静。有时候，我简直怀疑他是一个没有感情的机器人。

“失望？是算力不够吗？”

“不是。”

“还是我提交的算法不对？”

“不是。”

“那——”

“念念，你听我说。”时隔多年，明远再一次唤了我的名字，惹得我鼻头一酸。

“念念，我之前就说过，靠什么完美语言是达不到你的目的的。”

“我——”

“我知道。你的理论我都看了，很棒，没有问题。出问题的是这个世界。很多年以前，我看不上这个充满缺陷和漏洞的人类社会，也对人性不抱任何希望。我更愿意投身于科学，与纯洁简明的数字和定理打交道，经典物理中的宇称守恒也满足了我。后来我才知道，破缺无处不在。宇宙大爆炸创造了相同数量的正反物质，如今却鲜有反粒子存在。量子场论中的对称性破缺，就像爱美的女孩儿发现镜中的自己少了一个耳坠。而你想用完美的语言映射人心，得到的也只会是破缺的结果。”

“你凭什么这么说？”

我的嘴唇颤抖了。他在拿类比当论据。这么不合逻辑的论述，不符合他的风格。

“念念，认识你之后，我才知道人类还有救。”明远没有正面回答我。

“还有人愿意不顾一切地帮助别人，愿意拯救这个破缺的世界。所以我才会投身量子计算机，想用提升算力来打破科技发展的瓶颈。这个办法不能救所有人，但可以让大部分人过上更好的生活。我这里还缺一个自然语言处理专家，你愿意来帮我吗？”

我感到他的手掌在颤抖。他在隐瞒什么？

“明远，新的技术革命，能救赵家母女吗？如果人们还是不能理解彼此，共情能力差得可怜，你的办法只会把现在的不平等完完整整复制到那个所谓更富足的社会。人们依然会彼此倾轧，遥远同胞的性命比不过身边一时的方便！赵明远，为什么不帮我跑数据？既然你也想救这个世界，为什么不能试试语言！”

“我不想让你绝望！”

我愣了。

他也察觉到了自己的失态，转身开启了机器。

“我早就帮你分析过数据了。结果你自己看吧。”

我以为会看到什么高深的东西，没想到屏幕上只是一个 3M 大小的 TXT 文档，里面密密麻麻都是汉字。

十

“10岁那年，我一早醒来没有看见母亲，但她做的早饭还摆在桌子上。粥已经凉了，煎蛋也有些硬。早上的家里永远空无一人，只有一只可爱的小猫会陪我。它喵喵叫着，像是在道早安……”

“这是什么?”我上下滑动鼠标，还有几十万叙述性文字。

“你的完美语言翻译成汉语的结果。”

“这么多?”

他看着我，没有回答。

其实我心里也知道，脱口而出的一句话不仅反映了你此刻想要表达的内容，后面还藏着潜意识的深海。童年经历、成长环境和即刻感受，海量的信息在影响着你。当然，完全不同的童年经历、成长环境和即刻感受也在影响听话的人，阻止他理解你。除非你的话触动了他的心弦，让他的身体里翻涌类似的感情。生而为人，总有相似。

而想要凭空唤起特定情感最简单的办法就是讲故事，讲你一生的故事。

这满屏幕的文字，就讲了一个故事。

我知道明远为何沉默了。我的问题错了。我应该问的是——

“这是哪句话?”

“20x9年7月19日，我向你说的那声‘再见’。”

我记得，那是他出国前对我说的最后一句话。

我又低下头翻文档。原来我细细读过这上百万汉字，才能真正理解那天晚上他轻轻说出口的两个音节，才能窥探到这背后翻涌的情感海洋。

怪不得他喜欢叫我“小猫咪”，怪不得不管什么时候，就算吵架冷战他也不忘向我道一声“早安”。更重要的是，原来他也曾真真切切地爱过我。在他理性的思维中，与其让我承受五年异国恋的痛苦与不确定，不如趁早分开去寻找别的幸福。

但这次一见面我就知道，我没有 move on，他也没有。

“你看到了吗，念念，这只是两个字啊。如果是一句正常的话语，文档还会变得更长。这样一来，就算是简单的聊天也要花上数月，还能达到交流的目的吗?”

原来是这样。我曾以为语言可以成为人类内心的一面镜子，可它要映射的东西太复杂，所以只能“破缺”。这样看来，自然语言传递信息的有限性不是需要修复的缺陷，而是平衡后的妥协。

人类注定无法相互理解。完美的语言拯救不了世界，就像精美的盖子修不好一只残破的碗。

我低下头，泪流满面。

十一

“小猫咪。”

明远从背后轻轻环住我，靠在我的耳边。我转过身，像过去一样扑进他的怀里，一抽一抽地哭着。

“没事的，小猫咪。我们还有量子计算机。有它的帮助，迟早会找到处理这个世界上所有问题的办法。”

他抚着我的长发，声音一如既往的温柔。

“而且破缺也不全是坏事。如果现在的宇宙还是充满了数量相当的正物质和反物质，它们迟早会相碰湮灭，这个世界就不复存在了。手性大分子也是，它们独特的性质对生命活性至关重要……”

在他怀中，我渐渐平复了下来。

明远说得对，破缺也有存在的意义。语言不能完美映射心灵，但也给艺术带来了无限解读空间。一千个读者心里有一千个哈姆雷特，一首“床前明月光”能带来万种思乡之愁。

也许要达到目的，不需要每一句话都相互理解。也许，一两个打动人心的句子，就能唤起千万种善良的情绪。

但那句话要足够深情，足够有力。

一张苍老而憔悴的面孔出现在我的脑海，这正是我漂洋过海的目的。

“明远，能不能带设备回一趟中国？”

十二

我们日夜兼程，见上了赵母最后一面。

在赵姑娘的允许下，明远的团队用设备获取了赵母的脑部数据，测出了她讲出临终遗言那一刻的全部情感。不舍岁月与亲人，又不忍疾病的折磨；对死亡充满恐惧，却又极度期待解脱；不想再有人经历自己的痛苦，但即使是没见过世面的老妇人也知道，垃圾有增无减，受害的人只能更多。还有她成长的村落、她童年嬉戏过的那条小河，她第一次抱起赵姑娘时的欣喜和喝下毒药时的绝望……

得益于名为“完美语言”的算法和明远的量子计算机，赵母的一句话变成了一本厚厚的书。这不同于普通的自传，里面每句话都基于对人类共有认知基础和情感体验的分析，能够最大限度地激发读者大脑的同等神经反应。每一个读完的人，都会在合上书页的那一刻实现与这位善良农妇的绝对共情。

我会联系出版社，并用全部资源支持它的发行。我要向世界展示普通人波涛汹涌的内心世界，让世人理解自己的一言一行会带给同胞怎样的痛苦。不，不仅是理解，而是亲身的真切体会。

未来，我会和明远合作去找其他受害者。我会把他们的话都写成书，把他们的感受复制给千万人。我相信总会有人触动，总会有人改变。面对破缺的世界，我要用完美的语言一点儿一点儿地弥补。

而这个系列第一本的名字，就是赵母留给人世的最后一句话：

“闺女，我疼。”

参考资料：

[1] Bianco，Joe Lo. Invented languages and new worlds. English Today10.2(2002):1–11.

[2] Bruce，Karen. A Woman–Made Language: Suzette Haden Elgin's L ά adan and the Native Tongue Trilogy as Thought Experiment in Feminist Linguistics. Extrapolation 49.1(2008):44–69.

[3] Sampson，Geoffrey. John Woldemar Cowan, The complete Lojban

language. Fairfax, VA: The Logical Language Group, Inc. 1997. Pp.x+608. Journal of Linguistics 35.2(1999):p á gs. 447–448.

[4] 周质平．春梦了无痕 ——近代中国的世界语运动．读书 4(1997):107–111.

[5] 文秋芳．在英语通用语背景下重新认识语言与文化的关系．外语教学理论与实践 2(2016):1–7.

失重的语言

零

不同地位的人，用的语言是不一样的。在她的家乡，有一种非常正式、非常礼貌的语言风格“krama”，还有一种很日常的“ngoko”。当然，一种语言的不同风格变种在很多国家都存在，就像汉语里的“请您用膳”和“来吃饭了”，是适用于不同场景的“语域”。这是她认识那个中国女孩以后才知道的。

“母亲，请问，我何时才可出门?”

不知道为什么，家本该是最放松、最亲密的场所，她也只能用 krama 与母亲对话。如果她不小心用了一个属于 ngoko 的词，而 krama 中又确确实实有着同义词，那么只会换来母亲的冷漠。母亲的耳朵只为 krama 而生，会自动过滤掉 ngoko。

“母亲，求求您，请您给我一点儿回应吧!”

她说得很慢很慢，以表示尊重。在这里，语速也是语义的一部分。跟同龄的朋友在一起，她脑海中的话语会争先恐后地脱口而出，像雨点一样噼里啪啦落在棕榈叶上。朋友们也以同样的语速回应，甚至更快。听起来像吵架，像在YouTube里倍速播放的视频。没有人会来不及听懂，这是亲密的象征。而母亲的话总是遥远而缓慢的雷声。这里一年之中大约有二百二十天能听到雷声。

但母亲还是没有回应。她开始感到烦躁。

她实在是在这个小卧室待得太久了。房间太小，一张床，一把椅子，连桌子都没地方放。朝东的墙上贴着一张世界地图，雅加达（含义是“光荣的堡垒”）和休斯敦被分别用一颗心脏标了出来。村里很多孩子一辈子都没有去过的两个地方，只是她追梦路上的第一个、第二个小目标。她不喜欢逼仄的地方，她的心生来属于星空。

但母亲说过，这不可能。太空太冷、太高，热带长大的她不可能适应。她生活在一个以鲨鱼和鳄鱼命名的地方，被轮番殖民，拉丁化后失去了原有的文字；在全球化浪潮中翻滚，影响力甚微，外来语众多，输出语极少，krama甚至被外国语言学家指斥。更重要的是，这里没有出过一个宇航员。

“母亲！！！”

她再也受不了了。狭小逼仄的房间，潮湿温热的空气，冗长缓慢的krama和它背后严密的尊卑关系，甚至拖拽肉骨的地心引力。她要离开这里，就算没有母亲的允许。她要给所有人看，生于赤道林间的女孩也可以在高远的星辰间飞翔，那里有着太多祖先想都没想过、母语中根本不存在的词汇。更重要的是，她太想向母亲证明自己的强大，好让两人都放弃那种冷冰冰的语言。

随着决心下定，束缚她的一切都消失了。温度逐渐下降，变得适宜；Krama淡出脑海，她终于知道如何用对待一个平等女性的方式与母亲阿芙达对话；窗帘在无风的环境下扬在半空，世界地图静静飘浮在她的身边，蜷缩成一个浑圆的球体，无论是雅加达还是休斯敦，都看不清楚了。

她也飘了起来，重力仿佛在这个小房间里消失了。她熟练地掌握身体，几下飞到窗前，满天星斗正在咫尺之外等候她的光临。为了阻止她偷偷跑去那个宇航迷邻居家里看书，阿芙达给她房间的这扇小窗上了三道锁。但这难不倒她。

10 分钟之后，她已经飞出了窗外，星空张开怀抱欢迎她。再也没有人能束缚她了，她已经与最为广阔的存在融为一体。

只是，真冷啊。

《耳—语》

维森特·阿莱克桑德雷

人的词语最终成就一个礼拜日。

女孩们从所爱的山丘下降，

从殷切期待的小丘。

男孩们对她们说出的词语仿佛曙光，

仿佛浑圆的吻，

那吻好像地平线或被传颂的词语。

词语或双手被缚的真切合唱。

翻滚，哦是的，旋转，

在明澈的白昼。

一　第一个失去的词语：“从”

尽管受到空间运动病的困扰，来到这里还是让我有种解脱的感觉。

自从通过去美国留学来挣脱长姐身份的束缚后，我成功抵达距离地面几十万千米的深海望舒国际空间站，不再是融不进任何一个小团体的异乡人——宇宙是所有地球人的异乡，大家都一样。

我花了 3 天才适应这里，不会再在第三餐后吐出胆汁（我不想说晚餐，毕竟在地月拉格朗日点上早就失去了天的概念，“早”“中”“晚”其实没多大意义）。这其实算慢的。几年前，几个五六十岁的成功企业家在太空兜了兜风，商业航天便像爆发的流星雨一般集中闪耀。现在在各个轨道上飘浮着十几个空间站，普通人也能圆一个“飞天梦”。

当然，也不是所有“普通人”都花得起这个钱，尤其是去这个人类目前在宇宙中最为深远的居所。来美国读书已经掏空了家里积蓄，我平常需要给教授打工才能勉强维持生活，这也是我一直没能融入当地华人圈子的原因之一。能拿到昂贵的船票，我靠的是“联合国青年载荷专家上太空资助计划”——UNYSP，中文简称是“太空青荷计划”。第一批申请来自全球 200 多个国家几万名 20 多岁的青年科研工作者，我有幸成了排名第 51 的候选人，又因为前面有一人弃权而作为替补上天——然后什么都没干，狂吐了 3 天。

时间有限，我不能白来。身体刚恢复一点儿，我就笨拙地抓住舱壁上的把手，艰难地调整姿态，第一次挤出了狭小的个人休息室。

尽管这里的空气净化循环系统是最先进的，但我不能再假装没看到印尼宇航员尼莉亚上次进来时下意识的表情。

科学舱跟生活舱离得不远，我没花多少力气就到了，只有两次想停下来呕吐。这里的地方更小，舱体四壁都塞满了半圆形的科学实验柜，在中间留下两米见方的通道供人来往。还好，大部分实验柜都是无人操作，或是远程操控——我知道在中科院空间应用与技术中心的有效载荷集成大厅，就有科研工作者们戴上 VR 眼镜，双手操纵几百千米外的化学或生物仪器，误差只有几秒钟。

我的实验柜不在这里。我不需要实验柜，我必须亲自来这儿。

狭小的过道内，有我要找的人。是一位戴眼镜的男性，他叫意平，跟我差不多的年纪，看起来几乎同样糟糕：头发几个月没剪，一撮一撮冲着不同的方向疯长；眼睛很大，眼角稍稍下垂，就算藏在黄色的镜片后面，眼白处盘根错节的血丝也清晰可见；消瘦的面孔展示出骨骼的棱角，下半张脸冒出点点胡楂，蔓延到脖子，直到喉结上方都是黑乎乎的一片。他穿着一件黑色的宽松 T 恤，把自己固定在一台科学实验柜前，全神贯注地盯着屏幕，肩膀以下都消失在手套箱里，似乎在操作什么精密仪器。

如果稍微打理一下自己，他绝对是一个很清秀，甚至谈得上帅气的青年，但现在只能算一个略带痞气的邋遢“大叔”。我早就认识他，知道他现在在中科院微重力研究所工作。他是我此行的目的之一。

我飘浮在科学舱的入口，静静地等他做完实验。他也许注意到了我，也许没有。总之没有一点儿要跟旧识打招呼的意思。他应该早就知道我也在这次任务里，就像我在青荷计划的手册里看到他的名字一样，只是绝对不会如我那样欣喜。他嘴角向下撇，眼镜几乎贴在了一寸见方的小屏幕上。不知道为什么，这个场景有些让我着迷。

又过了一会儿，他把自己稍微推离实验柜，从手套箱里抽出双手，解固定带。他一定是注意到我了，两人的目光曾在一瞬间交会。表情还是没有变化，那双略微下垂的狗狗眼好像在看什么不怎么令人满意的实验结果。“哎……”我张张嘴，心跳加速。可还没来得及说什么，他的头就转过去了。

看固定带全部收好后，我再次张嘴，但他还是没有给我机会。青年敏捷地从我旁边的空隙穿过，进入生活舱。他很瘦很高——我想空间站的生活让他更高了。他比我更适应失重环境中的行动，就像海水中一条长而黝黑的鱼。

“唉……”

我知道，就像我想要摆脱地面上的一些东西一样，他一直想要摆脱我。

他不知道，我这次来，也是想要彻底地摆脱一些东西。

二　往事：高中

我们是高中同学，在那个小镇学校，两人的成绩是全校断崖式前二。学校每次大考都会按照上次考试的排名来安排考场和座位，我就常常在一班教室第二排望着他的背影，咬牙切齿决心一定要在毕业前坐上他的位置。那时他已经很高了，又黑又瘦，一双大眼睛藏在厚厚的眼镜后面，还没挂上黑眼圈。

可惜直到文理分科，我都没能如愿。我坐上了文科考场的第一位，他自然是理科。我们都比分科前的成绩更好了。

又过了一段时间，我获得了北京一所高校的外语类保送资格，提前离开了千军万马挤独木桥的残酷赛场，而他还在拼搏。虽然早已不在一个班，我也知道他在全市联考中发现了自己语文和英语方面的劣势，压力随着高考倒计时逐渐增加。

我已经喜欢上他了。对于青春期的女孩儿来说，关注总是容易转化成爱慕——不自觉被别人的重力捕获，成为一颗只围绕他旋转的卫星。

我经常在晚自习借口走出闹哄哄的保送生专用教室，来到他所在的楼层。我会在经过他们班时向他的位置瞥去，尽力装作不经意。如果看到他在座位上学习或发愣，我的心会被狠狠地烫一下，热量从脸颊上散发。更多的时候，我无法在那个堆满教辅书的角落里找到它的主人。这样我的心便雀跃起来，知道这将是一个美好的夜晚。

那天也是如此。他不在教室。我轻车熟路，一拐来到有两排小自习室的矮楼，朝一扇一扇窗户里望去，很快找到了他。这就是全校第一的特权吧，老师根本不会管他在哪里学习。

“嗨。”我推门进去，声音很轻。

“嗨。”他抬起头回应。我们的目光短暂相接。他的眼睛好大好大，里面仿佛映着窗外的星海。他的外眼角下垂，有点儿无辜，有点儿可爱，像小狗的眼睛。但是在他面无表情时，这双眼配合其他五官会显得很凶。他经常没有表情，现在也是。

“还在看英语？”我径直走进来，坐在他的身边。他在教室里的位置上堆着摇摇欲坠的竞赛书、试卷和教辅书，此时眼前只有一支笔、一本书。

“是啊。”他转头看试题，微微皱起了眉头。

“应该选 at the same time。”我向左倾身，指着他答错的那道题。我的手臂擦过了他的胳膊，肩膀相碰。我的右手在膝盖上攥紧了，心跳得厉害，“题目里这两件事是同时发生的。”

“是吗？”他没有躲闪，说不好是不是在专注试题。“‘同时’……如何定义‘同时’？是同一个时刻，还是同一个时段？中国和美国的午夜十二点算同时吗？”

回去偷偷查了资料，我才知道该如何回答他：at the same time 更多指的是同一个时段，它的法语表述是 en même temps，“时间”用了复数形式。但当时很多人——比如教过我们的英语高级教师——都认为他这种行为是在“抬杠”。一道小小的选择题而已，其他选项都能轻易排除掉。当时的我也很难理解。

“同时……同时……同时性可是物理学里最深刻的概念啊……”

他嘟囔着，随手勾上了“正确”答案。

那是我第一次隐隐感受到，专注于不同领域的人，会说不一样的语言。艰涩的术语建立起壁垒，同一个词汇拥有万千含义。生物学让拉丁语重焕生机，物理学将核的联想从坚果（nut）推向死神（nuclear bomb）。时间在我眼中是朝、宗、觐、遇，是入梅、侵夜、入冬、越年，是“绸缪束刍，三星在隅；今夕何夕，见此邂逅”。时间在他眼中是物质的永恒运动，是变化的持续性、顺序性的表现，是 d（天）、h（小时）、min（分钟）、ms（毫秒），是 GPS 卫星系统用的铷原子钟。

语言的模糊、多义性始终困扰着致力于探索万物之理的他，也在后来以另一种方式折磨着我。

但在那个散发着荷尔蒙的夜晚，一切壁垒都不重要。

“谢谢。”他说。他对我笑了，狗狗眼眯起来，我的心都要化了。“谢谢你，玉玦。”

他放下笔，修长黝黑的右手就在我的手边，皮肤间只有物理学意义上的距离。只要一个心跳的振动，两个质量相当的星球就能在几年间的互相吸引后最终相触，释放出难以估量的能量，和一个与他相守的未来。

夏夜的晚风从没有关牢的前门吹进来，他很绅士地等待我的决定。

只是，那一毫米的距离我始终没有僭越。他并不是我生活中唯一的引力源。我的亲妹妹李玉璜也在同一所校风保守的高中读书，她一直视我为榜样。在我的生活中，四分之一用来当女儿，四分之一用来当学生，四分之二都在做姐姐。做一个乖巧，守规，在哪个方向都能给妹妹指引方向的长姐。

晚自习的下课铃响了，学生们涌出教室。

两年后，他在大学找到了一个同样热爱物理学的女孩。他们发在 QQ 空间里的照片很般配。

三　第十个失去的词语：“姊”

“没有说服他支持你的实验？”

“根本没说上话。”一天的工作下来，我失望地回到深海望舒里属于自己和尼莉亚的“小卧室”。

这位来自印尼的宇航员姐姐是这次“青荷计划”的负责人之一，刚从失重的睡梦中醒来。太空中的昼夜节律与地球不同，人们掐着表，轮流起床值班。她的身后飘浮着百十个汉字的全息投影，那是我这几天教她中文用的语料库，基本上都是最常用的词语。一定是睡觉前忘记关上了。

“一定要他的语料吗？杏、阿纳托利和戴维斯都贡献了不少吧？”尼莉亚挥了挥手，那些方块字消失了，就好像被狭小的空间挤没了一样。

“我需要活的语料，”我解释说，“需要我亲自介入交流。如果只用分析录音，我根本不用来这里。太不巧了，这段时间整个空间站只有他一个会说汉语的载荷专家……我是说，我不能去打扰核心机组人员对吧？”当然，这只是理由之一。我还没有告诉她我俩的私人关系。

“我们的交流不够吗？”尼莉亚眨眨眼睛，睫毛很长，忽闪起来让人心动。“哦，对了，你需要母语者。毕竟我们说的都是第二语言。”

“不，尼莉亚，你已经帮了我很多。”我赶忙飘过去，握住她的手。说来讽刺，尽管才来空间站 4 天，尼莉亚已经成了 3 年来和我最亲近的人。有时候，我甚至会把这个身材修长的爪哇岛人看作我的姐姐。

有人觉得，都用第二语言交流的人极难相互理解，但我深刻地体会到，操着第二语言的人跟人家母语者交流更难受。在美国留学的这三年，那些母语者聚在一起为我根本听不懂的梗哈哈大笑，有意无意的轻瞟比一开始就冷漠的目光更伤人。尼莉亚在中国工作过一段时间，反而跟我更有“共同语言”——英语学习者特别喜欢用的词组“looking forward to”“fine, thank you, and you”“I wonder if...”在某种意义上来讲成了跨越文化的共同标签。

“玉玦，其实我对你的理论很感兴趣，在项目选候补成员时投了你一票。”

“啊，是吗？”我其实很想知道自己是怎么被选中的，毕竟我想要带上太空的实验不是那么的“传统”，看起来也不太“有用”。

“当时还在空间站的，包括曾经上过太空的人，大部分都投了你的理论。”尼莉亚松开她的手，横着在生活舱旋转，“来过的人才知道，太空的一切都跟地球不一样。我们失去庇护，要承受无法被完全屏蔽的宇宙射线，有些甚至来自银河之心；我们的肌肉流失、萎缩，如果不加强锻炼，回到地面站都站不起来；我们的昼夜节律紊乱，无法躺倒，也无法获得彻底的休息……尤其是深海望舒，人类从来没有在如此深远的太空停留这么久，地球磁场都难以提供庇护。对不起，一个服役5年的宇航员，不应该跟你说这些。”

“不……”

“人类走进太空这么多年来，花了太多时间去关注物理、生理上的变化，关注心理变化的不多，像你一样关心语言变化的就更少了。‘太空语言学’……你在报告里说得很对，尽管人类历史上有过那么多奇特的语言，但都是基于同一套生理基础、同一个地球环境的反应。白天与黑夜，坚实的大地，下落的苹果……文化是环境的产物，当人类来到一个全然陌生的环境，他们的语言怎么可能不发生变化呢？”

我不知道该说什么。我没想到尼莉亚如此认真地阅读了我的报告。

“其实，英语不是我的母语，印尼语也不是。印尼是一个有着718种语言和方言的地方，语言多样性排在世界前列，而我的母语已经濒临灭绝。在我的家乡，人们信仰一种万物有灵的神教，相信生命会给生命启示。在新人结合的典礼上，人们会现场宰杀一头牛，剖开它的胸腔，通过观察心脏的活力来预测这段婚姻的未来。而在这里，离一切生命都如此遥远，我甚至感到我的语言都在枯竭。是的，玉玦，除了工作中的交流，从我口中已经很难流出其他音节了。就算是跟家乡的亲人通话，我也时常蹦出航天术语。我早就该知道，失重环境下，我们不断失去的不只是肌肉而已。”

“哦，尼莉亚，我很抱歉，”我说，“也许你该跟航天中心的心理咨询师聊一聊。”

“已经聊过了，她建议我回地球疗养，”尼莉亚望着小舷窗外遥远的蓝色海洋，“既然你的身体已经好了很多，我很快就会回去。”

原来尼莉亚是为了我才推迟了回家的时间，我心里感到既愧疚又温暖。此时此刻，我好想叫尼莉亚一声姐姐啊，只可惜英语里的“sister”不分年长年幼，加上“elder”也不能传达我此刻的不舍与依赖，还有对未来独自面对太空的嗟嗟惶恐。

“总之，我们很快就要告别了，”尼莉亚的眼睛亮晶晶的，但眼泪没有飘出来，“希望你的研究可以顺利。”

“谢谢……”我挨近她，两人抱在一起。

我决定，在她回地球的前一天，我要告诉她“太空语言学”的真正含义。

四　第三十五个失去的词语：绸缪

意平对我的态度已经很明显了，再跟他搭话似乎是自取其辱。可我的研究必须要和他合作，这也是我彻底摆脱他的方式……将我对他的感情进行解耦。我没有跟尼莉亚说实话，所谓“太空语言学”的真实内涵也远比我交给组委会的申请报告要复杂。两者的本质甚至都是相反的。但想到尼莉亚为了让我完成研究牺牲了好几次返回地球的机会……我知道自己必须尽快鼓起勇气和他再次接触，为她拿到国际大奖级别的成果。

毕竟，这不是我第一次“自取其辱”了。

读大学时，我曾在学习西方语言学理论中见过这么一段话，一度动摇了学术信心：

数学之类的学问是不允许出错的，而语言本质上具有高度的容错率，即使发音欠佳，句子不合语法，文章语病迭出，导致沟通一时受阻，语言交际的桥梁也不至于垮塌。语言甚至允许习非成是，靠频率高、用者多取胜，以致最终错谬的也变成正确的。……语言理论也是如此，经常无所谓对和错……

我想起他对时间副词的论调，渴望能像物理一样拆解语言。我沉迷叶姆斯列夫的理论，试图剥离声音、官能、环境、文本这些外在的东西，获得语言学真正而纯粹的对象。正像索绪尔倡明的那样，语言是形式而非实体。叶姆斯列夫所研究的“语言代数学”更是深得我心：它的表达科学不是语音学，它的内容科学不是语义学。

我试图跨越具体语言寻找繁花之下的脉络，我用数学的精确将语义分割，我把索绪尔的名言挂在床头：语言学唯一的、真正的对象，是就语言和为语言而研究的语言。

当我觉得一切成熟时，我给他写了一封信。我说我已经找到了语言与物理的关系，我想和他合作。

他拒绝了我，拒绝了很多次。如此决绝地拒绝，甚至拉黑了我的微信。当然，后来我也在自己偏执的理论中找到了原因。当所有联系断绝，当期末考试与绩点像一盆冷水泼来，我才发现当年自以为超脱万语千言以求真理，不过是左脚踩右脚离开地面的把戏。我放弃叶姆斯列夫，回到普通语言学的怀抱，重新研究每一门具体的语言，每一个具体的语境。安全，好保研，好发论文，好升学。我不能忘记，小妹玉璜也跟着我学了语言学，我还是要做她的榜样。

从那时起，我开始想办法把自己拉扯出他的引力范围。

这是我在空间站第二次见他，也是高中毕业后的第三次。

他看起来跟上次一样糟糕，只是胡子又长了，再加上换了一件深色T恤，整个人黑乎乎的一团，跟灰白配色的科学舱形成了鲜明对比。我也像上次一样，静静地看他把整个手臂伸进手套箱里，全神贯注地盯着实验柜上小小的窗口。我的心已经平静了很多。

“嗨。”

没有办法假装听不到我的话，青年把固定带收进科学柜，简单点了一下头，甚至都没有抬眼看我。

“好久不见。”我硬着头皮继续搭话，整个身子挡在科学舱和生活舱的过道处，不让他溜走。

“好久不见。”他的声音如此沙哑，是什么时候开始抽烟了吗？转过脸来，他小狗一样的眼睛紧盯着我，好像想用目光把我拨到一边，让自己离开这里。

“呃——也许我们可以叙叙旧，我已经在这里等了你很久，你可能没注意……”

“我知道。”

我愣了一下。他知道什么？

“我刚才就知道你来了，”他指了指自己的实验柜，像跟一个实验室的普通同学说话，“每次你出现，都会带来引力的波动。”

“我没那么沉吧……”我立刻开始回想自己最后一次体检时的体重，并确信在空间站吐掉的东西远比吃进去的多。等等，这不该是问题，按照万有引力公式 $F=G\frac{m_1m_2}{r^2}$，就算我的体重比地球上最胖的人还要重百倍，引力的影响也无法吸附一只蚂蚁，更何况我每天在空间站的活动半径也非常有限。他的实验柜竟然能够测到如此精准的数据？

“这可是好东西，一只蚂蚁的质量扰动都能测到。”他轻抚着灰色的科学实验柜，就好像在看热恋中的女孩。

我一时没有回话。这正是我曾经对普通语言学失望的原因之一：地球上的语言如此模糊、多义，一两个词语的改变根本不会影响整段的意思。对同一段英文可以有百种汉译，难分优劣对错；大众在使用中不断扭曲固有语言，曾经错误的读音、被曲解的成语都可以随着绝对使用人数的增加登上大雅之堂、被词典收录，成为新一代人类眼中的正确。与物理学相比，语言没有公理、没有公式，甚至没有一个固定的观察对象，研究者提出的理论也难以在个体中复现。即使发音欠佳，句子不合语法，文章语病迭出，导致沟通一时受阻，语言交际的桥梁也不至于垮塌。他很早以前就知道，这无法与严谨的物理科学相比拟。

“为什么拒绝我？”我脱口而出，“我说上次，三个月前的那封信……”

他一时没说话，垂下目光。

“你明明知道，这跟本科时候我妄想的那些理论不一样。这个实验是有可能实现的，对不对？”

“是。”

“而且跟你在微重力所研究的方向一致，对不对？只有你的设备和能力可以支持这个实验，对不对？语言学、神经学、物理学交叉，是很有前途的理论，对不对？”

“我承认。”他必须承认现实。

“那你为什么不愿意跟我合作？为什么干脆拒绝掉？”我几乎要冲他喊出来。

“我和栗子有其他项目要跟。”他深吸一口气，好像这句话是被逼着挤出来的。

栗子，就是他后来的女朋友。他们在同一个实验室，一直一起做项目，从大学，到中科院微重力所。他们太般配了，我想他们一定会结婚。

“只需要一次实验，”我感到眼泪在脑后什么地方翻涌，“只需要一次，你就可以彻底摆脱我，”我也可以彻底摆脱你，“你愿意帮我吗？”

“对不起。”

他回过头去，从科学舱另一边离开了。

五　往事：大学

不同身份的人，会说不同的语言。而当两个人展开对话，必定会有一种关系存在，双方便有了相对应的身份。比如我在玉璜面前一定要稳重，字斟句酌引导她成长，并保留一定长姐的威严，而在学校遇见导师，则是谨小慎微，谦辞挂在嘴边。这种关系甚至可以被简单地标签化，同样的对话模式会在万千种相似的关系中复现。

当关系发生转变，语言模式也会发生相应的变化——一些电视剧中，当小喽啰揭开自己战神的隐藏身份，其他人会错愕得说不出话来，因为语言模式很难在一瞬间切换。曾经承欢膝下的子女成家掌握话语权；同期进公司的同事连升三级变成大领导；过去总是考倒数第一的同学年薪百万，而你为了给孩子疏通关系，提着几瓶酒站在了庭院的大门口。难受吗？毕竟，与这个人本身的品性和才华相比，贴在脑门上的标签才拥有左右情绪的最强引力。

我痛恨这一点儿。

栗子跟我差不多大，长相偏甜。我不认识她，不了解她，但自从她被贴上意平现女友的标签，享受着他的关心与关爱，我就无法自拔地讨厌她。

我会去偷看她的微博、QQ空间、网易云，和室友隐晦地吐槽她爱吃的甜食和在追的明星；我会放大意平和她的合影，找脸颊和腰身P过图的痕迹；我会因为幻想他们手牵手压马路的场景，在被窝里哭得不能自已。

我恨栗子，更恨我自己。恨长姐的标签，让我不能在晚自习勇敢牵住意平的手，拥有一段可能甜蜜也可能后悔但绝不会遗憾的时光；我恨苦恋者的标签，扭曲了我的人格，蚕食了我的理智，没来由地去讨厌一个无辜的女孩，甚至一再试图用所谓的“合作实验”来重新打入意平的生活，去破坏她应得的完美感情。看到本科时深夜里发给他的那一封封邮件，卑微的用词让我自己作呕。

我经常在想，我有没有可能撕掉这些标签，赤条条地站在人世，诚实地与他人、与自己对话。不要装威严，不要伏低微，不要假声势，不要掺爱恨。

但当我张开口，却一句话也说不出。

那些关系并没有扭曲我的语言，它们就是语言本身。不存在绝对中立的用词，就像不存在没有被引力扭曲的时空。

所以，大三时我放弃了追随叶姆斯列夫的理论，不再沉迷于“为语言而研究的语言”，转而继续钻研历时语言学。

六　第 123 个失去的词语："图"

尼莉亚死了。在她回地球的前 27 个小时。

是意平发现的，他在调试设备时，注意到了空间站损失的质量。三个小时后，他们在离深海望舒核心舱 300 米远的地方找到了尼莉亚冻成坚冰的身体。

薄壁外的太空，从未像这样汹涌地压迫而来。

"只是小概率事件，"石川杏安慰我，"前段时间，尼莉亚心理评估的结果很差。"

最初的震惊与难过已经消退了一些，参与青荷计划的人们聚集在核心舱，等待机组人员的事故通报。恐惧像蛇一样紧紧缠着脖颈，我的目光越过人群，寻找着意平的身影。最初发现质量数据不对后，他冷静的表现非常令人安心，甚至显得有些冷血了。

"不过这也太久了，一定出了什么麻烦事，"杏用英语向我抱怨，"太空……从来不是什么和善的地方。"她把自己的 iPad 塞给我，打开全息投影，一幅松鼠大的彩绘逐渐在我俩眼前展开。

除了尼莉亚外，空间站上我最喜欢小杏了。她是京都大学的生物学家，也是一位插画艺术家，最近每年都会被选入日本的《插画师年鉴》。杏喜欢把动植物元素和少女结合在一起作画——不是那种简单的兔耳、狼尾女郎，而是将一些生物的独特体态自然融进人物里。就像此时飘在我手上的这幅画：灿烂的星空中，浮世绘风格的少女仰头坠落，像鱼一样吐着泡泡；女孩青色的头发向四面八方飘浮，每一缕在发尖处都变成了植物细碎的根须。

“对于生物来说，失重的影响远不如流逝几克肌肉那么简单。细胞感受不到力学信号，平衡石的沉降受到影响，根系会找不到向下生长的方向；1997 年的那几条豹蟾鱼，因为听力系统与人类相似而被送上太空，它们神经紊乱的原因一直是个谜。而且深海望舒离地球实在太远了，辐射强度加快了细胞变异。总之，我一直以为来这里是勇气的象征，但我错了。人们还没有准备好，远远没有。”

“你刚刚还说尼莉亚的事是小概率事件。”我有点惊讶。

“小吗？一点儿都不小，”小杏终于卸下了伪装，“我恨这里。我经常感到说不出话来，我的小宝贝们总是死去，我……玉玦？”

“嗯？”

“我记得你来太空是为了解决一些语言上的问题。”

“对……”

“我给你提供一个思路吧……我想你知道，日语中男性和女性说话的方式不一样，对不对？”

我点点头。平安时代，女性不被允许使用从中文借来的词；江户时代，一些非中文词也要避免，比如 SHIKATO 和 IKIJI，因为“确定无疑”和“骄傲”被视为不够女性化；现代日语学家中村桃子说过，“在日本，女性语言是社会上很突出的语言概念，也是显著的文化概念”。小杏说起日语娇俏可爱，常让我想起动漫里的典型萝莉女主角。

“我专门研究过如何使用‘女性语言’，或者说‘利用’更加合适。这可以降低我在学术上的攻击性，在某些时候……过得更好。我无法否认这一点，尽管我并不为此感到骄傲。”

我看着小杏微红的脸颊，没有说话。一直困扰我的问题，被她当作向上攀登的利器。

“玉玦，来到太空这些天，我发现我很难再自如地使用ONNA KOTOBA（女性的语言）。我让地面上的合作方感到冒犯，让领导丢脸。我想，太空在剥夺我对语言的掌控能力。”她出神地盯着自己的手指，“我丢失了一种武器。”

“哦，小杏……”

她抬眼看我，萌萌的面孔上挤出一个疲惫而苦涩的笑。

叮——

没有机组人员出来解释，只有核心舱首部通往驾驶室的大屏幕亮了起来，显示下一个回地球的飞船准备起航的时间。

各种语言的抱怨声响了起来，有人说国际航天联盟禁止他们的家人把尼莉亚身亡的事故捅给媒体。

大屏幕又是“叮”的一声：此次航班核载8人，有意者请报名。3个小时后起航，下一个航班时间待定。

人们蜂拥向前，杏几乎是闪电一样离开了我的怀抱，连iPad都没有拿走。所有人都在争抢回家的名额时，我看到意平向反方向飘去了。

我几乎想都没想就跟了上去。

七　第300个失去的词语：“我”

“没法相信，都到这个时候了，你还在想着你的实验。”

科学舱，意平又回到了自己的实验柜前，把自己绑好。他没有看我，也没有回答。像往常一样，他的眼睛死死盯着小屏幕，双手伸进手套箱里。

“舰长什么都没说，连面都没露，你不觉得有问题吗？尼莉亚……尼莉亚的死，他们一个交代都没有……”

“别哭啊。”意平蹦出一句，仍然看着实验柜。

我把委屈和悲伤生生往下咽，庆幸眼前的青年并不是一个纯粹的科研机器，还会关心关心自己……

“眼泪飘出来对机器不好，”意平还是没看我，“有问题找舰长去，找……呃，在这里说也没用。”

我紧咬住了下嘴唇，想把他的手臂从手套箱里拔出来，强迫他面对自己，然后一拳砸碎那架永远映着屏幕亮光的黄色眼镜。难道物理学家的世界就如此纯净，一切的一切都不能阻止他按时做实验吗？但我忍住了。

核心舱不会再有什么新的信息，返回地球的名额也不可能抢到。或者说，我不想跟小杏争抢。我看着他小心翼翼地操作实验柜里的东西，内心也渐渐平静下来。

“这里面……到底是什么？”

“高能射线防护材料，”意平简单回答，开始解绑带，“也叫‘金钟’材料。”

“能给……呃……能稍微解释一下吗？”

“就是防护高能射线的啊，尤其是来自银心的宇宙射线。现在的防护材料不行，在地球附近还能勉强待个一两年，如果去火星肯定是要得脑癌的。就算在深海望舒，辐射强度也已经快接近人类极限了。”

我不觉捂住了胸口，感到无数来自宇宙的银色小剑从自己的身体里穿过。他说得没错，过量高能射线很危险，会对人类的大脑产生影响，甚至丧失语言功能。不过为了拿到太空舱的船票，我实打实研究过一段太空语言学，并没有在过往的语料中发现辐射导致的语言流失现象。但那都是过去的数据了，深海望舒可是第一个设在地月拉格朗日点这么远的空间站。怪不得意平的研究项目能在竞争激烈的青荷计划中排名前十。

“这种材料，一定要来空间站做？”

“是的，里面的自组金属需要零重力环境。这里地月引力抵消，比其他地方更合适。”

“呃……在太空里不就已经……失重……为什么还要一直调整？”也许是太震惊、太悲伤、太劳累，我发现自己无法说出完整的句子了。

“差远了。实验柜里的喷气装置和磁悬浮装置会在一定周期内自动平衡太阳、地球甚至空间站本身带来的引力干扰。只是每隔一个小时，需要人工实时干预误差。”

“每个小时你都要来实验柜一次？”仔细理解着意平的话，我逐渐忘记了恐惧。

“是的。”

“睡觉时也得来？”

“对。”

我突然理解他为什么总是看起来黑眼圈那么重了——在太空入睡本来就很困难，每个小时都要起来集中精神进行误差校准，也太折磨人了。

“交给地面操作人员不行吗？”

“不行。”

看到我的眼神，意平才想起解释几句，“深海望舒太远，天地数据传输有时差。而且做……呃……做这个方向的人很少。它不能中断，离不开……呃……离不开人。”

我可以理解。科研做到一定程度以后，全世界只有一个人在钻研某个方向的情况很普遍。大家都是孤独的行者。可至少，意平有栗子相伴。

“所以，你才不想去抢第一批撤离的名额吗？”

意平点点头。“呃……最后再走。”

不知道是不是太空的影响，我总觉得意平说话的方式有些奇怪。他高中的时候从来不会结巴呀？

“你呢？”意平突然问。这是他第一次关心我的情况，“你怎么不走？刚才不是很害怕吗？”

“呃……”我也不自觉结巴起来，“不知道。”

意平向我飘过来，没控制好力道，两人的面孔几乎碰在一起。凌乱的头发，胡楂儿，像狗狗一样的大眼睛。那么近，我几乎可以闻到他的味道。凝练在织物里的汗水和烟草，和高中时期的味道已经不一样了。心跳加速。

“抱歉。”意平往后撤了一下，两人保持着一臂的距离。

“跟叔叔阿姨说了吗？”我试着转移话题。

“他们本来就……呃……就不喜欢太空。反对来空间站。你呢？”

他又问。

“呃……父母，还有玉璜。都没有告诉他们要来。已经三年没有怎么说过话了。”

“为什么？你们之前不是关系很好吗？”

“没有……”我低下头，想起小妹玉璜缠着自己的样子，想起很多快乐的时光。最后是我强行拿走家里全部积蓄来美国留学，从某种意义上阻断了小妹的梦想。我没脸再做她的姐姐了。尽管尼莉亚经常劝我在太空给家里打电话，说我一定是家里的骄傲……啊，尼莉亚，你到底是怎么了。我的眼睛又开始泛红。

“哭吧，”意平突然说，“呃……用液体收集器给你接着，反正之前也没少接。”他说的是尼莉亚的尸体刚被发现那会儿，我哭得差点晕厥。这反而让我有点不好意思。

这么多年了，我们的关系终于又靠近了一点儿。

我的心跳再次加速。

我总觉得，如果这次无法要到一个答案，那么回到地球上以后，我将再也见不到他。

“对了，那封信……”

我鼓起勇气，万千情绪翻涌上来。

八　往事：研究生　之一

在语言的边界，文化无时无刻不在彼此交融。每一种语言都有输出语，每一种语言也都有外来语。有时候，外来语会在一定时间内隐藏自己的历史，与本地语言水乳交融，就如被吸收进汉语的“经济”和“革命”；有时候，外来语拗口的发音和特殊的拼写则无时无刻不在展示自己的异国身份，比如走进英语的印地语 avatar，还有中文 guanxi。

来到美国后，我总觉得自己是其他人生活中融不进来的“外来语”。我也有在努力，主动接近同班同学、同门师姐妹，有一些可以愉快讨论学术、困难时互相帮助的友人。但学习语言的我却无法忽视她们之间属于同语母语者的默契。说话间不经意的眼神和表情，让我充满了局外人的尴尬：有多少次她们因为一个看似平常的词语哄堂大笑，我只能在一旁强展笑颜，在空荡荡的头脑里搜刮任何有可能存在的双关笑点。

在装潢古典的大食堂独自吃饭时，我总是想起突然决定离开家乡的那个下午。不过一个很平常的假期，我在卧室读书，妹妹趴在床上玩手机。

“姐姐——”

“给你。”我头都不抬，随手把书桌上的无糖奶茶递给她，“小心——”

“不会洒在床上的！”她笑嘻嘻地接过奶茶，吸了一大口，空气穿过粗吸管的声音和着窗外永不停歇的蝉鸣。

我合上书，心里突然变得很烦躁。这样的对话进行过太多次，我们可以随口完成对方的句子。实际上，我跟妹妹的所有对话都进行过了太多次。这是第几个一模一样的夏天了？我好像总是这样，在一个既定的系统中读书、考试，在微博偷看意平和栗子的最新动态，听无数相似的话，说无数相似的话，重复无数相似的动作，见无数相似的人。还有，无数次陷入相同的身份，陷入相似的情绪。当女儿，当姐姐，当学生，当苦恋者。我的发声系统似乎适应了这些环境，无法创造出任何新频率的振动。沉入一个语境，沉得太深太深。

对比语言学老师说过，想要更加深刻地认识一门语言，你必须去研究其他语言。只有对比，才能看出特点、总结共性，定义它在世界版图中的位置。我想我也应该这样，去看看更大的世界，再回过头来审视自己的人生，也许才能有一个清醒的认识。所以我义无反顾地离开了，努力不去看小妹含泪的双眼。

然而，在美国的生活却如此痛苦。生活上，连根拔起离开舒适圈，敏感如我难以融入全新的语境，日常交流都是折磨；学术上，我要深入历史去探索一个词汇的变迁，试图拨开层层迷雾把握百年前只剩下碎片的诉说。心理问题最严重的时候，我甚至在看一场20年前的电影时都会因为无法完全理解片中的台词而焦虑地痛哭。为了缓解情绪，我彻夜浏览中文社交媒体，躲进熟悉的话语模式和梗——属于祖国当代年轻人最广泛的语境。与此同时，即使在地球另一边，我还是忘不了意平和栗子，脱不开对两人的爱恨。

当然，我的视野确实得到了扩展。家乡从整个世界变成了脚下的小球，但巨大的引力始终牵引着我。抬起头，无数颗星球在视野中闪耀，每一颗都有自己的引力模式：中和外，古和今，男和女，尊和卑……当一句话说出口，它会像一道射向宇宙的笔直光芒，在路上被所有星球的引力扭曲，最终变成可怖的模样。在这其中，家乡的引力是巨大的，它甚至能将光芒捕获，使其弯曲成只有同胞才能听懂的话语。当我仰望星空，无数光芒围绕着自己的家乡打转，跟自己的时代一同消失，或因为身份地位变得凌厉刺眼。当然，有一些光芒因为多语者的存在而旅行到了更远的地方。但没有一道有足够的能量脱离引力的影响，或是刺破苍穹，让所有人理解，或是笔直不阿，完全遵循讲者的内心。

没有。

语言只是一个幻觉。完全是人文和自然环境的产物。什么样的环境就能催生什么样的语言，就像水会在一种温度下化为蒸气，又在另一种温度下凝结成冰。语言是岩层在沉积过程中随机生成的纹路，是木本植物记录风霜雨露而生长的年轮，是沙滩上的鹅卵石，潮汐变化让海水将日复一日的轻抚变成规律的刻痕。

我站在学校的塔楼上，思考在遥远的过去，是不是只有跳下高楼的人才有可能摆脱重力，享受一两秒自由的飞翔。

九　往事：研究生　之二

发件人：李玉玦 <liyujue.adrian***@harvard.edu>

收件人：陈意平 <chen.***@cashq.ac.cn>

嗨，意平，

好久没有打扰你了，希望你一切都好，更希望你这个写在微重力重点实验室网站上的邮箱还有效。

嗯，其实我想你也知道（如果你真的看了那几封邮件），三年前我对叶姆斯列夫的理论理解得不够深刻，提出了一些幼稚的想法。毕

竟，当时我才大二，对学术是个完全的门外汉，硬凑出语言和物理的关系，只为能多一点儿跟你交流的机会……对不起。

但是现在不一样了。我已经深刻地意识到了语言的物理属性，意识到语言是大脑为适应特定人文、地理环境进化出的高效信息传输方式，会受到环境变化的影响，同时也有自身的局限性。就像人类的牙齿无法应对高糖高寿的小康生活，膝盖和腰背在写字楼久坐的不良姿势中受到伤害，语言系统也难以适应信息爆炸、多语言交融、跨国交通便利的现代社会。母语、成长环境、性格与情绪，语言胶着于自身，难以实现有效的沟通。

要解决这个问题，我认为要从语言的物理本质出发——脑科学。在过去，人们认为大脑分各个模块，在运行运动、读写、回忆等不同功能时，大脑的相应模块就会在记录脑电波的图表上亮起。但近期的研究表明，各个脑区之间的连接比我们想象得还要紧密。盲文阅读涉及视觉模块（visual）和注意力模块（attention），被动听力连接躯体运动模块（somatic motor）和默认模块（default），算术除了注意力模块（attention）还要额顶控制模块（frontoparietal control）。在任何时刻，我们的大脑都在作为一个整体运转：充当乐器的脑区固然重要，但那并不是音乐本身。

所以，当我们开言，所吐字句并非“心中所想”，当我们倾听，输入的音节也并非对方所念。一切都在阻碍客观信息的流淌：对话者地位的相对高低、共享语境和信息壁垒、此刻的情感和彼时的回忆，对一个概念的不同联觉、身体状况、文化。各个脑区相互撕扯，语言就在这其中扭曲。

研究了很久，我想，大概有一个办法可以解决这个问题，我需要你的帮助。在地球的进化之路上，重力环境一直没有太大的改变，人类便拥有像小腿肌肉、股四头肌、臀部肌肉这样反引力肌肉，而在太空中，这些肌肉用进废退，很快就会发生肌肉纤维尺寸减小，表现为肌肉质量的丢失，所以宇航员每天都必须进行两个小时以上的体育锻炼。而在更加精巧的神经领域，重力的缺失会造成更加严重的影响。宏观层面，大脑与脊柱周围的脑髓液体积变化会导致航天员的视觉神经突出；微观层面，对引力敏感的突触会在失重环境下松开与彼此的链接。

当一千亿个神经元失去重力的束缚，当一万亿个神经不再紧紧相连，当脑区与脑区之间出现了微妙的裂缝，大脑的可塑性便呈百倍增强。

我们可以用语言完美映射现实，我们可以脱开情绪判断，我们可以真正爬出过去的泥潭，随时开展全新的生活，不再被身份、地位、性别、文化所牵绊。

我也可以，彻底放下对你的爱。

总之，我想你们的微重力实验室具备探索“零重力语言学”这个交叉学科的能力。我见过中关村的落塔，那将是一个很好的实验场地。虽然比太空差点。

问候栗子。

期待你的回复。

求你了。

Best wishes,

李玉玦

发件人：陈意平 <chen.***@cashq.ac.cn>

收件人：李玉玦 <liyujue.adrian***@harvard.edu>

AutoReply: *您好，您的邮件已收到，感谢您对微重力研究的关注。*

十　第 412 个失去的词语：是

“你读过那封关于‘重力语言学’的邮件了，对不对？”

我看到了他躲闪的眼神。

“这不……不叫纠缠你。学术交流而已。”

他一言不发，只是整理科学柜。

“一个答案，就这么难吗？”我有点上火。我开始想象栗子要求他删掉我微信和邮件的样子，虽然她完全有理由这么做。我又被特定的语境裹挟了，去恨一个抢走我未来的人，尽管那未来是我亲手让出的……我恨情绪带来的非理性。我有意控制自己的用词。合理化。

“只想……让语言学成为和物理学平起平坐的学科，创造一种可以沟通所有文明、所有阶级的通用语。你真的没有兴趣吗？如果换一个人提出这个理论，你也会有这样的态度吗？哪怕论证一下这个理论都不行？”

意平还是没有回答。他转过身，隐藏了自己的表情。

“如果没有这次机会……有人弃权，才幸运拿到这个名额，在空间站和你相见。你真的，一个字都不愿回复吗？吴栗子不让你回复吗？！”我彻底失控了。

“幸运！你管这叫幸运？”意平一拳砸在临近的实验台上，吓了我一跳，“你知道为什么有人弃权吗？因为她死了，在飞船发射前10天死了，这个名额才给了你！！”

“什……什么？”我惊呆了，“栗子吗？怎么……怎么回事？”

“车祸。对方自动驾驶，失控了，”意平的声音颤抖了，“那时她还……紧紧抱着实验要用的材料。”

我突然明白了，为何空间站上的意平如此憔悴、如此低沉，为何他看我的眼神那么奇怪。他们本该是一对眷侣，携手轮班制备可以改变世界的高分子防护材料金钟。我……我在这里做什么呢？

“你说你要创造沟通所有人的语言，那么有可能跟亡者对话吗？”他回过头来，眼睛红得吓人。但没有眼泪出来。也许早就已经流干了。

“对不起……”

他只是疲惫地摇摇头，“只想，把实验做完。完成她留下的一切。”

我拼命抑制泪水，知道自己已经永远失去了再一次与意平交流的资格。我第一次深切地体会到，当爱人死去，有一种对话模式就会在这个世界上消失得一干二净。那是专属于两个人的珍珠，被共同生活的时光所打磨。

“对不起……”我说不出其他话了。意平还是善良的，毕竟他本可以一见面就把这件事告诉我，把愧疚和折磨丢给我，那样我就不会讲出后面那些尴尬的词句了。

突然，空间站猛烈地摇晃起来。我本能地惊声尖叫，身体重重地朝实验柜撞去。但预期中的疼痛没有到来，因为意平在那之前整个抱住了我，双手将我的头紧紧护在怀里。我抓住他后背的T恤，紧闭双眼，手上的关节被坚硬的实验柜表面擦破。我感到两人像被顽童扔进滚筒洗衣机的仓鼠，疯狂地旋转、碰撞……

最终，空间站的姿态还是稳定了下来。

在决绝的安静中，我们两个人抱了很久，很久。

我听到他在不停地呢喃：

“栗子，栗子。”

十一　第512个失去的词语：的

整个空间站响起警报，红色的光芒四处闪烁。我们向着舰长所在的舱室快速移动。一个人都没有看到，几个卧室的门紧紧锁住了。

舰长室也关闭了。我冲上去扭安全锁，但纹丝不动。意平把我拨到一边，双脚蹬住白色的弧形门框拼命用力。还是失败了。

“小杏……”

我的心被恐惧抓紧了。今天这个返回地球的航班本是为尼莉亚准备好的，所以小杏他们很快就能起航，差不多就是爆炸发生的时刻。

翻开手机，我唤出了新闻界面的全息投影：航天飞机爆炸上了头条，无人生还。尼莉亚的死亡没有被报道，但其他空间站近期也出了事故。阅读过程并不顺利，各家媒体用了一些我不熟悉的词汇，连中文报道也开始使用生僻字。但我太紧张了，一目十行，就当那些看不懂的东西是航天术语。

然后通讯就中断了。

“意平，小杏他们……飞船……发生爆炸……”我感到一阵恍惚。是太紧张了吗？为什么我连一句完整的话都说不好？

“该死。”意平踹了一脚安全门，往后飘了半米。

“飞船本身，影响，不大。”我一个词一个词地往外蹦，想向他传递信息。

“你说什么？”

“呃……”我突然愣住了。那个表达自身的词是什么来着？那个指代自己的单字，每天都在用的代词……到底怎么说来着……低头看手机，发现熟悉的按键上也写满了不认识的生僻字……不，这些都是常用字，只是我无法再读懂它们。

而在这里，离一切生命都如此遥远，我甚至感到我的语言都在枯竭……

我恨这里。我经常感到说不出话来……

微观层面，对引力敏感的突触会在失重环境下松开与彼此的连接……

尼莉亚和小杏的话浮现在脑海，那幅在星空下吐泡泡的少女，就是太空中失语的人鱼……

这正是我曾假设的太空语言流失现象：能指和所指之间的认知连接正在根根断裂。只是，这个过程怎么会这么快？

……语言本质上具有高度的容错率，即使发音欠佳，句子不合语法，文章语病迭出，导致沟通一时受阻，语言交际的桥梁也不至于

垮塌……

是语言的高容错率导致我一直没有发现吗？我的大脑高速运转，复盘着我来空间站以来的对话……确实如此，每过一个小时，我说起话来就感到更费劲、更疲惫，需要很多力气才能找到可以表达心意的词语……

而语言与思维的关系又如此紧密，混乱的语言势必带来混乱的思维。我突然明白为何尼莉亚贸然出舱，核心机组人员又为何不愿意出现在两人面前……他们已经发现了……

“怎么了？”意平被我的表情吓坏了。

我缓缓抬起头，盯着他的眼睛。心情逐渐平复。

毕竟，这是属于我的领域。

十二　第 530 个失去的词语：人

我的大脑一直在高速运转。这到底是怎么回事？

过去，多人曾在空间站中驻留一年以上，没有发现过如此诡异的语言流失现象。当然，那时并没有专业的语料收集装置，无法记录语音语调中细微的变化，背景也往往充满噪音。

银河射线可能是一个原因。语言作为认知系统的一部分，依赖于大脑功能的良好运转，而银河宇宙射线造成中枢神经系统的显著损伤、导致认知障碍已经是已知事实。一只连续 6 周接受带电粒子辐射的小鼠会因为完全离子化的氧和钛而大脑发炎，脑电波会变得跟精神错乱者的信号相似。而在失重情况下，神经连接本身会变得脆弱，此时银河射线的影响可能会加大。不过深海望舒空间站虽然是人类离地球最远的居所，但还没有完全脱离磁场保护，按理说只有进入深空的宇航员才会面对大剂量银心辐射，需要金钟这样的超世代精密防护材料啊……

按照新闻里的说法，近地轨道的空间站也多少受了些影响。也许是最近有什么特殊的银河射线击垮了在太空中脆弱的大脑，但我没时间细究了。

“语言流失?”

“没错。”我用手机在空中唤出一张大表，那是按使用频率排列的汉语词素。我曾经用这张表教过尼莉亚汉语。我扫了一眼，点亮了几个字:“的”“我”“是”“人”。

“这个，这个，还有这个，”我指着它们，“你认识吗?”

“呃……只眼熟。”意平认真看了一会儿，承认自己认不出来。

“看来，呃，猜，呃，没错，”我努力用自己头脑里剩下的词语组成句子，“呃，之前用语料收集库收集，呃，数据，分析出来了，每个，呃，乘客每天都在损失特定，呃，认知能力。对，特定，呃，词素。同一种语言损失词素，呃，顺序都一样。这说明，外部原因，非，个……个体心理问题。”最后一个音节出口后，我气喘吁吁，就好像刚在太空跑步机上跑了半个小时。

“那，”意平指了指自己，又指了指我——已经无法用语言来表达“我们”这个概念了，“怎么办?”

我这回没有结巴。我逐渐适应了用仅有的词汇表达自我的方法。

“一定要见舰长。”

话音未落，只听嘎吱一声，我们一直打不开的舱门开了一条缝儿。意平见状，立刻拉开它，露出一段通往舰长室的短过道。一个男人蜷缩在过道里，另一边的门是紧紧封死的状态。安舰长是共和国最早的那 100 名航天员之一，我小时候就在电视上见过他的样子。就在十个小时前，他的几位同事跟石川杏一起，化作烟花消散在空冷的宇宙中。舰长看起来非常憔悴，眼里充满血丝。

“你要见……该死。”一个沙哑的男声传来，“见……见……w……”他好像在跟自己较劲，拼命要把“我”字说出来。

“舰长，”我耐心地劝道，“说不出来就不要说，可以用其他词代替。”

“你怎么没事一样？”他抬起头看我。

“有事，大家都一样，随着时间推移，大脑无法识别特定词素。”我说得很慢，努力规避每一个失去的词语。我想给舰长信心。“如果失去，请不要勉强。用其他替代。语言容错性很高。如果不规避，勉强用已失去语言，就像瘸子一定要用两条腿走路，会摔倒，会带来认知混乱。”

“什么意思？”

“这里有词表，按照词表，规避问题语言，你就拥有理智。”

“真……该死，真……吗？”

“请您相信。”我一字一句地说。

我飘到舰长的身边，向他解释自己的理论。因为很多连词、介词都已失去，很多时候只能一个字一个字地表达自己的意思，但他在认真地听。

“一个理论，失重加银河射线，可能会导致，语言流失。还能说出来，说明大脑还能处理，不能说出来，思维有问题。没有流失部分，语言没问题，理智没问题。”

“那……”舰长指指自己，又指指大脑，“缺失……也没问题？”

我郑重地点了点头。

“每个，个体，都有盲区，这么多年也这么过来了。把这个词表交给地面控制站，在这个范围内，你们，就可以正常交流。救一救。”救救你自己，救救这艘船，救救我们所有人吧。

舰长看了眼词表，又看了眼我。眼底的绝望没有褪去。

那时我才知道，几个搭载高级人工智能的中继卫星也在突然增强的银河射线中接连失效，导致国际航天联盟多个发射计划推迟，包括准备来深海望舒实施救援和心理辅导工作的飞船。而且，空间站本身也有一些控制系统出现了异常。安舰长知道自己的精神已经不适合指挥深海望舒，所以才把自己锁在驾驶舱外的过道里。

没有人会来救我们了。

我回过头，意平已经不见了。

十三　第 542 和第 543 个失去的词语：“不”“没有”

我是在科学柜前找到意平的。

“舰长 b……呃……m……”我深吸了几口气，才接受了自己已经无法表达否定含义的现实。

“救援什么时候来？”意平急切地问，眼睛没有离开屏幕。他又在做那个实验，只要到了规定的时间，什么事情都无法阻止他。不知道刚才的碰撞有没有对金钟材料造成影响。

“中继卫星失效，地面救援及时，”我摆摆手，“空间站很危险。需要舰长和地面控制站配合，开走最后返回舱。”

意平一时没有说话，专注地在实验柜里调整设备，以中和附近微小的引力干扰。

我感到很奇怪，他一点儿都不着急吗？整个试验还有一周才能结束，到时候他们不是回地球，就是在失能空间站里因为一百种理由死去。还花时间和精力在这上面有什么意义呢？其他几个青年载荷专家都在抓紧用残缺的语言和地面通话，人脉广的在争取民间航天机构的救援机会，没什么能量的也在向家人取暖。

他们还不知道舰长已经崩溃，国际航天联盟也在极力隐瞒“太空精神失常症”。

我还不想放弃。我没有办法告诉父母和妹妹，他们本该在美国扬眉吐气的亲人，如今蜷缩在空中一个铁皮盒中，命悬一线……

“意平。”

“怎么？”

我有些庆幸——我们至少还没有失去彼此的名字。

“意平，还想再拼一把吗？”

“你说。”

“用你科学柜里，装置，制造可控重力环境。”我指了指自己。

意平没有回答。我不知道是不是因为他无法表达“否定”的概念。

“用备用材料，可以。但意义？”

“自救。”我认真地看着他的眼睛，“语言，在重力作用下，表现，呃……”我想表达“表现不同 / 不一样”，但汉语这种爱加否定前缀的语言……摆摆手，“太空微重力，仍，”摆手，“零重力，所以语言流失，”摆手，“平均。神经连接，错误连接。先零重力，脱离一切错误连接，再人造重力，模拟地球重力环境，重塑连接。也许可以，自救。你能做到吗？”

他看了我一会儿，把双手从手套箱里抽出来，认真点了点头。

意平没有做过人体超微重力实验，但他很快想办法用带上空间站的冗余备份做好了新的装置，并将整个科学舱作为实验场所，一个大号的实验柜。很神奇的是，语言的缺失并没有影响到他敏锐的科研头脑。我的心里突然冒出一个奇怪的想法：也许他看到了我的那封邮件，曾认真思考过如何实现“零重力语言学”实验，所以这时才能很快把设备调整好……也许，只是我一厢情愿罢了。

为了单独保证大脑不受引力影响，我戴上了装有 36 个高敏重力抵消器的头盔。一旦开启，它们将在算法的作用下施加微小的力，去抵消万物对我思维的影响，甚至中和内脏与骨骼本身的引力。

为我戴上头盔时，意平第一次认真看着我的脸。我一直很喜欢他的眼睛。自从上深海望舒以来，他从来没有怎么打理过自己，头发蓬乱，胡子拉碴，但那双眼睛……那双几乎永远盯着实验柜屏幕、眼角微微下垂的眼睛，此刻盛满了温柔与担忧，仿佛在抑制亲吻的冲动。如果是几天前，我肯定会心跳加速，去热烈地回应他，也许在空间站里留下我渴望已久的初吻。

但是现在，我知道，他眼里看到的并不是我。

那个在车祸中死去的人，本该取代我和他一起来到空间站的同伴，分享成长岁月又共享人生理想的 best friend，他真正的知心爱人，栗子。

那一瞬间，我的失望与痛苦超越了对死亡的恐惧。我想把自己的大脑从头盖骨中挖出来，从舷窗那里丢进冰冷的太空。

这是不成熟的行为。是感情对理性的影响。我应该高兴才对，意平终于要帮我实现心心念念的零重力语言学实验了。叶姆斯列夫前辈啊，这真的会让我剥离声音、官能、环境、文本这些外在的东西，获得语言学真正而纯粹的对象，探寻到真正的语言吗？我深吸一口气。

能帮我们活下来就好了。

十四　第 550 个失去的词汇：重力

太空本身就已经是微重力环境，引力的影响已经很小很小，那么从微重力变为零重力，真的会 make any difference 吗？

刚刚戴好重力抵消装置、飘到科学舱中间，我的心里曾飘过一丝疑虑：也许这个理论会被证伪，舰长是对的。他们只能在新形成的太空棺材里等待救援，并在这个过程中见证一个又一个同伴失去理智，最后轮到自己。

就在此时，我感到自己的面孔被轻轻捧住了。

回过头，我看见意平站在科学舱的入口，双手戴着长至肩膀的深蓝色手套，每一只手套里面都伸出了三根线缆，分别连着一台实验柜。我身上受到的引力干扰被放大几万倍传递到意平的双手上，他会通过控制手套来协助重力抵消装置平衡引力，就像他每隔一个小时就要对实验柜里的金钟材料要做的那样。

我转回去，没有再看他的眼睛。面颊上的力逐渐消失了。

一开始，一切都没有什么变化。跟在空间站这一周的每一天都一样，再怎么躺倒也无法休息，整个身心都无依无靠。我如果再紧张一点儿，甚至可能会重犯空间运动病。我能感到自己的皮肤被反引力装置牵引或按压，应该是意平还在调试。

我张张口，想问问什么时候可以开始体验零重力，一切都突然不同了。

啊。

只有一个瞬间，我裂开了，好像亿万个细胞失去了与彼此的连接，又好像来自银河深处的枪林弹雨打碎了每一个神经。我不再与任何空间相连，我的灵魂破体而出。

我在虚空中膨胀成了一颗星球，一颗在一微秒内开花的种子，一颗落进平静湖面的雨滴。

是的，就算在太空里，失重也只是一个错觉……你永远被什么力牵引着，拉扯着，来自身边任何一个有质量的物体。但现在不一样。失重。微重力。零重力。

概念在消解。感官被剥离。音、形、义从一个词语身上层层飞走，就像落在水里的药片随着升腾的气泡消解。

我站在空荡荡的宇宙里，再也没有星球会扭曲一道笔直的光。

我还在呼吸吗?

十五　高中　之二

我打开小自习教室的门，意平独自坐在第一排，右手握着一支黑色签字笔，专心对付眼前的英语试题。他板板正正地穿着校服，上面一件短袖白衬衫，下面是藏蓝色的西装裤。蝉鸣从窗外传来，晚风轻柔。

我走进来，按住狂跳的心脏，坐在他的左边。

他没有回头，但没拿笔的那只手在慢慢向我靠近。皮肤深色，手指修长，骨节突出。还有一毫米就要碰到我的手了，但他停了下来，绅士地等我的决定。我的右手，可以透过那只在理论上存在的距离感受到他的温度。

没有犹豫，我紧紧抓住他的手，拽着他站起来，任凭小课桌连带试卷和笔袋翻落一地。我头也不回地往前走，眼睛透过窗户望向夏夜充满蝉鸣的操场，橘色的灯光照亮暗红的跑道，映出几个拉着手的人影。

是的，那应该是我们。我们应该成为一对人人艳羡的情侣，他会铆足劲儿考上录取我的大学；我们会在自己的领域深耕，同时在交叉学科上创造出多次登上 *Nature* 正刊的成果；我们会携手扩展物理学和语言学的边界，一起读博士、一起交流访学。他的臂弯永远是属于我的港湾，他的爱意只能对我倾泻。每一个夏夜，他修长的手指会穿过我细软的发丝，轻轻捧起我的脸。那双好看的大眼睛，像狗狗一样，盛满了我的影子，只有我的影子……

我相信，只要我拉住他的手冲出那一扇绿色的旧门，一切就都可以实现……

我按住门把手，用力一拉……

“玉玦！！！”

意平拦腰抱住了我，阻止我像尼莉亚一样近乎裸身地冲向冰冷的真空。

十六　返回地球

我驾着租来的 Compact Car 在波士顿市郊的森林里疾驶。天色已经很晚了，窄路两旁密不透风的树林将触手伸向彼此，遮住了晴朗夜空的月光。我只能看清车灯照亮的一小段路，开了几十千米也没有遇见迎面驶来的旅人。

说不清楚，但在道路的尽头，有什么东西在召唤我。

五天前，我在校医院找回理智，得知自己上了一趟太空。但是细节全都不记得了，就像一个从指缝里溜走的梦。家庭医生坚称我得了严重的 PTSD，并且联合 NASA 的心理医生向我隐瞒那一周多的经历。我只知道，我和其他人做了一些理智的决定，在一场巨大的航天浩劫中拯救了自己。

“哦，亲爱的，”切尔斯女士将我揽在怀里，“可怜的小东西。遗忘是最好的保护。”

好吧，我对自己说。就这样吧。

于是，我又回到了日常生活。上课，读书，写论文。如此自然，就好像一切都没有发生过。没有人问起我太空的事——哦，对了，我在美国没有朋友，而远在南京的家人也毫不知情。我已经习惯了。

车速越来越快，但我的心情很平静，知道这个速度是可以被驾驭的。只需要绝对的冷静。我从太空带回来的冷静。

是的，回到学校后，我的情绪几乎没有产生过任何波动。生活像清水一样美好：过去为无法融入异国小团体而焦虑的烦恼就像上辈子的事；偶尔和家里联系，也像脱衣服一样轻松摆脱了羞愧感。小妹还是暗自生我的气，毕竟我拿走家里全部积蓄后，她没法追随我来国外读书，但我也觉得无所谓了。

不再跟各种情绪打架，不再被任何身份束缚，不再沉溺于回忆的泥潭，我感受到了无比的自由。想说什么就说什么。我甚至跟教授在课堂上辩论，用中式口音毫不客气地把观点甩在前辈的脸上。几乎忘了意平，完全忘了栗子。我甚至都不算认识栗子。

已经开了 50 千米。森林深处越来越黑暗，两边坏掉的路灯也越来越多。还有 10 分钟，还有 5 分钟，还有 1 分钟……

急刹，车轮处发出尖啸声。我猛地向前，又被安全带拉回来，脖颈处被勒得生疼。明天也许有同学会好奇那道红印，无所谓。

我松开安全带，下了车，走进一片约有 50 平方米的林中空地。刚来美国时，几个同门师姐妹曾叫我一起来这里野炊。当时她们开车开了有半个小时。喧闹，听不懂的笑话。

现在，这里只有我一个人。踏着腐败的落叶，我走进空地中心，四周都是浓密的高树，中间填满了化不开的黑暗。恐惧也是情绪的一种，但我已经失去了它。

真怪啊，我曾经拼了命想要摆脱一切，以获得纯净的语言，可当我将情绪和回忆剥离，似乎又什么都不剩了。如果能指完全等于所指，我们和照相机又有什么区别？

我抬起头，林间晚风吹掉了我的兜帽。漫天繁星在郊区的夜空如此明亮，苍穹仿佛在向头顶压迫而来。那无数落在眼中的光芒，它们在宇宙中的来路有没有受到引力的影响？

我又想起意平的眼睛。得到完全理智的头脑后，我复盘了自己的人生，发现里面充满了自私和借口。在那个自习室，我没有勇气握住他的手，并不是担心自己不能给妹妹做个好榜样。我怕在交往的过程中互相了解，我怕我们会深度共享彼此的语境，直到在舒适区沉沦、只能听懂彼此的语言。

母语只有一到两个，一生能够学习的语言有限，一生能够了解的人也有限。选择，总是意味着放弃。不放弃，则意味着什么都没得选。

遍行世界的纯净语言并不存在，也没有必要存在。失去情绪和回忆的羁绊，我却更加无法找到自己。晚风吹透了我的身体，星光沉默不语，皓月高悬。

我闭上眼睛，长舒一口气。

他们说那个空间站，还在天上。

十七　落塔　之一

北海道，砂川。

夜里淅淅沥沥下起了小雨，早间新闻过后的天气预报并没有提到。不过，自从几颗气象卫星加入太空垃圾的行列后，没多少人相信天气预报了。

还好带了伞。我抱紧怀里的包裹，匆匆踏过零落一地的樱花。泥水在靴子后部飞溅起来，在裙子的下摆留下点点斑块。也顾不了多少了。

到达试验园区前，我能远远地望见黑暗中闪烁的红光。那个位置坐落着世界上最大的自由落体实验设备——JAMIC 落塔。它由煤矿竖井改造而成，与其说是塔，不如说是一道 700 多米长的垂直隧道。仅仅走在附近的土地上，我也能感到这座深深扎入地下的黝黑倒塔。它的存在令人敬畏。

在牛顿的时代，只有跳楼生还的人才有机会谈起失重的感受，落塔的出现则给人们提供了稳定廉价的微重力环境。当然，那是在人类航天的黄金时代到来之前。

还有结束之后。

我收起思绪，快步走进了最近的实验楼。石川社长在等我。

“您好，我们通过邮件，我是——”

“我知道，你是发现宇航员为什么会精神失常的人。”

并不全是。我只是指出了失重环境会让神经连接变弱，那几天突然加强的银河射线才是航天大事故的元凶。即使有磁场保护，地球上的不少精密设备也受到了影响。多起自动驾驶车辆事故也被证实是新型银河射线的作用。包括要了栗子命的那一次。这些在我返回地球以前都被地面的科研机构证实了。

这些解释没有说出口。我只是点了点头，如今我需要这个虚名。

“您在信件中没有说明，但我猜……您想使用落塔?”

我再次点头。办公室太冷了，但我的语言不会受到颤抖身体的影响。

“每个人都想使用落塔。我希望您有充分的理由。”石川指了指桌角堆成山的文件，我能看见几个刺眼的红章：DENY。

“您会得到的。但我想先确认几个问题。”

“知无不言。”石川微微颔首。

“您能提供的最长实验时间是……”

“我们的设备经过了扩建，但要除去制动区和紧急制动区……10秒左右。”

“回收减震系统用的是什么原理?”

“空气阻尼效应和机械摩擦效应。最大过载10g。”

“还能更小吗?”

中年男人抬起了眉毛。

“怎么，您的试验品很脆弱吗?”

“比您想象得要脆弱一些。”我向前探身，“您要知道，我做的可是零重力语言学。”

石川盯着我看了一会儿。

“小杏……跟她的离去有关吗?”

我点了点头。“我很遗憾。”我从包裹里掏出小杏的iPad，给他看那条太空中的美人鱼，然后内心毫无波澜地欣赏男人的泪水。我知道我本可以一回到陆地就把小杏的遗物寄给他，但那就是白白送出一个控制别人的砝码。尽管那时，我无法预知石川先生有什么利用的价值，只是理性地判断罢了。现在是最好的时机，他一定会妥协。

我也知道，从落塔回来后，我的眼泪只会多，不会少。

十八　落塔　之二

第 35 次失重实验，倒计时 30 秒。

我蜷在小小的实验箱里，睁大眼睛，什么都看不见。这本来就不是为人体实验准备的。石川先生给了我一个红色的按钮，一旦出现紧急情况，他会立刻把我从深坑里救出来。

我没有按下它，因为实验总是失败。神经连接一次次在 10 秒失重中松开连接，但还是没有找回语言中枢和其他脑区的联系。当我想起意平的名字，什么感情都不会唤起。

理智告诉我，不应该试图找回过去。现在的李玉玦是全世界最理智的人，她可以轻易逃离地位、道德、文化的束缚，以一个旁观者的角色审视世间的一切。当与她对话的人正在情绪的苦海中挣扎，被扭曲的话语像气泡一样不受控制地脱出口，她永远能冷眼找出破绽，用最敏锐的信息扎破气泡，引导对方为自己服务。不会被长姐的义务纠缠，更不会为了一个男人落泪。她可以更加专心学术，或者爬上任何一个顶峰……

理智也告诉我，这样的李玉玦，只是在逃避罢了。逃避选择，逃避责任，逃避情绪。

逃避……意平的死。

倒计时结束，实验开启。失重。微重力。零重力。然后是超重。

平静的湖面向天空射出万枚雨滴，落英在一微秒内蜷回花种，星球于虚空中坍缩成黑洞。

我的灵魂瞬间归体，嵌入实在的空间。神经回到了熟悉的位置，亿万个细胞重新紧密相连。

与此同时，痛苦像万根钢针扎向五脏六腑，所有孤零零的概念再次被沉重的回忆牵扯，我沉入属于自己、独一无二的语境，那时每一分每一秒而塑造成的自我。

700 米的深坑下，我的哭号没有人能听得到。

十九 陈意平

“咳，首先声明一点，此时此刻的我是完全理智的。通过模拟地球重力环境，异常增强的银河射线和长期失重共同导致的太空失语症已经不会对我产生太大影响。我相信你们可以从我流利的话语中看出来。安舰长也可以给我作证。回到地面后，欢迎你们对他进行全方位检测。”

意平认真地望着画面外的所有人，略长的头发飘在空中，让他看起来像一个年轻黑发版科学怪人。安舰长短暂出镜，点头表示同意他所说的话。

“从学说话起，我就发现自己跟别人不一样。我不能理解‘打车’和‘打人’为什么用一个‘打’，老是在问‘等一会儿’到底是‘等’几分钟、几秒钟。日常语言太模糊、太多义了，我总是忍不住打破砂锅问到底，而得到的回答却更让我困惑。大人总说我爱抬杠。”他笑了一下，眼睛旁边的皮肤挤出了褶子，“可想而知，我中学时期的语文和英语学得有多痛苦，尤其是应付不来阅读理解题目。但应试毕竟有技巧，所以我的成绩一直还不错。

“高中时期，我有一个朋友。她的文科成绩非常好，非常有语言天赋。我很羡慕她。文理分科后，她也经常帮我辅导语文和英语。说来挺怪的，经过她的讲解，我觉得这些文字竟然也是可以被理解的。词语的来源、变迁，各种概念的融合与进化，像生物化学那样有迹可循。我们只是在向物理环境寻求规律一样，在不断的试探间寻找人与人之间交流的法则。

“与物理定律不同的是，语言的法则具有很强的地域性。你找到了跟一个人交流的窍门，却很难复用到其他人身上。不，这样说也是不准确的。在整个宇宙的版图中，我们熟知的物理定律也并非如此普世……扯远了，对不起。总之，那时我就知道，我的世界里不会有很多人。

“然后我遇到了栗子。啊，栗子。我们的语言模式是如此相似，不用怎么试探就能笃定。我们的梦想和目标又如此同步，两人大脑里储备的概念高度重合。在一起读书、一起科研的时光里，我们的合拍程度呈指数上涨。那时，我感觉语言是多么美妙啊，只要一两个词语，加上眼神或微笑，信息就能如此顺畅地流淌。跟她讲话，永远只有愉悦和轻松。

“栗子是一个理想主义者，她坚信人类总有一天会走进深空，将文明的火种播撒至宇宙每一个闪光的角落；她同时又如此现实，兢兢业业做好自己手头的工作，希望可以在未来的远航之路上为宇航员多设一道防护。

“但很讽刺的是，就好像冥冥之中有什么东西知道栗子和我研究的特级航天防护材料金钟即将成型，几万年不遇的增强银河射线击穿了大气层。大家都知道，这是此次太空失语症的元凶之一。它同时影响了地球上海量的精密仪器，包括撞死栗子的那辆自动驾驶汽车。

“得知消息的那一刻，我感到我的一部分也随之离去了。有些对话再也不会发生，有些语言再也不会有人理解。我们共同创造的过去，已经没有人帮我补全回忆。唉，明明还差几天，她就能登上心心念念的太空了。

“但我必须来，带着她的梦想，带着她寄予厚望的金钟。我不分昼夜地调整重力数据，只是希望她的一部分能在世界上传承下去。后来，地面的分析报告出来了，突然增强的银河射线将会是封锁人类走向星海之路的第一道铁幕。那我就更不能放弃它。

“这种材料的制备依赖持续的微重力，甚至是零重力环境，无法离开处于地月引力平衡点的深海望舒空间站，也离不开我每个小时的重力调整。此时银河射线还在不断增强，更多精密设备和航天器受到了影响。如果制备失败，地球上将无法创造如此稳定的失重环境，人类也就必须暂时告别星空。栗子的梦想，实现起来就更难了。

“因此，我，陈意平，代表我自己，自愿放弃乘坐深海望舒空间站最后一艘舰载返回舱回到地球的机会。我完全知晓增强银河射线对所有航天器的威胁。在找到防护方法之前，我不接受任何以伤害生命为代价的救援。在这两周，我将与深海望舒空间站共存亡，与我的实验共存亡。请大家祝我好运，也祝空间站其他伙伴顺利返回地球。”

第一次看这个视频时，我的内心毫无波澜，仿佛在看一个异族生命的呓语。那时，我知道自己必须做点什么了。

第二次看时，只觉一根木桩狠狠扎进了心脏。

二十　尾声

意平和栗子都葬在北京的郊区，我一出机场就赶到了那里。

北京的风早已经变凉了，我裹紧衣服，久久站在那里，以沉默致意。

语言模糊、多义，轻易被环境影响，只有倾注岁月和关爱的人，才能最大限度共享语境，穿越认知的迷雾，真正理解彼此。没有捷径，没有能沟通一切的通用语言。虽然从宇宙的角度来看，我们都在说 9.8N/kg 重力语。

只是多么遗憾啊，意平，栗子，我一直都没有好好了解你们。

闭上眼睛，任泪水不受控制地流下来。

电话响了。

“喂？玉玦？下飞机了吗？怎么也没来个信儿？”

我深吸一口气，“妈，没事，都挺顺利的，明天我就回家，后天去南京找玉璜……”

幸好，还有一些人可以去了解。

四天后，随着“天赐”的降临，人类宇航大爆发时代正式开启。意平和栗子制备的金钟材料成功抵御了异常增强的银河射线，地球文明开启了全新的篇章。

参考资料：

[1] Gaston dorren. Babel: Around the World in Twenty Languages, 2018.

[2] Max Bertolero and Danielle S.Bassett. How Matter Becomes Mind, 2019.

[3] 曹则贤 . 物理学咬文嚼字 . 卷二 . 中国科学技术大学出版社，2018.

[4] 刘润清 . 西方语言学流派 . 外语教学与研究出版社，2013.

[5] 苏静 . 知日 · 和制汉语 . 中信出版社，2015.

[6] 维森特 · 阿莱克桑德雷 . 天堂的影子 . 人民文学出版社，2020.

[7] 吴芳 . 先秦汉语时间词汇形成发展的认知 · 文化机制 . 中国社会科学出版社，2014.

[8] 姚小平 . 西方语言学史 . 外语教学与研究出版社，2011.

[9] 张伟，韩培养 . 人类太空生存的开拓之旅 . 科学出版社，2019.

星星是如何相连的

一 联翩浮想

创造力是如何被度量的?

远距离联想理论的创始人认为，创造性思想就是重新组合联想得来的元素。“新结合的元素相互之间联想的距离越远，这个思维的过程或问题的解决就更有创造力。”于是他发明了远距离联想测试：给被试三个词，让被试想出与前三个词都有联系的一个词。

英文试题举例：same，tennis，head，?

中文试题举例：疗，防，统，?

“这烤肉味儿香吧？人肉烤起来也是一个味儿，”三里屯太古里的韩国烤肉店，丁小兮突然说，“我们做手术不是都爱用电刀吗？电刀切开组织的时候能顺便止血，就是烟实在太大。你说我吸了他们的人肉粒子，他们就会有一部分永远留在我的身体里吧！”

坐在她对面的展信颜一下子没了胃口，烤肉的香气开始令她作呕。虽然她早就知道，丁小兮说的话不能用常理来推断。

初中时，小兮的想法就常常与众不同。语文的阅读理解题经常只得一两分，也没少因此受到同学的排挤，落下个“疯小兮”的名号。信颜有点疑惑，她是怎么熬过痛苦的医学生时期的？

不过，小兮这次竟然发觉了自己的失言。她抱歉地笑了笑，“不好意思信颜，一放松又跑偏了。这么多年没见，突然叫你出来……其实……”

“你是不是想过口岸？”信颜从一开始就该猜到的。自从加入星联局以来，这不是信颜参加的第一次饭局。人们有各种各样的理由想通过那几万个星门成为人类第一批星际殖民者，把前半生永远抛在身后。只是她没想到小兮也……

丁小兮抬起目光，坚定地点了点头。

“渠道是开放的，”展信颜开始背公关词，“网上填写申请表……”

“我早就做了！我是挂在了星联局的出关体检上，”小兮急切地说，“我在医院工作这么多年，职工体检指标从来都是合格的，为了这次体检，我提前几个月泡健身房。你看！”她把毛衣袖子撸到肩膀，手肘砰的一声砸在桌面上，绷起肱二头肌给信颜看。

信颜扶稳差点翻倒的大麦茶杯，示意她赶紧把衣服穿好。“对不起，我不能透露体检标准。”

“信颜……”

“出关有什么好？”信颜压低声音，“天赐星门都是单向的，你去了就回不来了。外面可没有地球舒服，只是将将能让人活下来的程度。咱在这里还能吃热气腾腾的五花肉，到那里饿死、冻死都是家常便饭。你可别被那些宣传片给骗了。更关键的是……”信颜谨慎地看了看四周，起身坐到丁小兮那边的卡座上，轻声对她耳语。

“内部消息，一年前陆续通过星门的开拓者团队，最近失联率急剧上升。天赐中心分析过他们最后传送回来的信件，据说都是主动中断联系。从那之后，星联局选拔开拓员的体检就越来越严，你没法混过去的。”

丁小兮盯着已经焦黑冒烟的烤肉，一时没有说话。展信颜轻轻抚摸她的后背。

不知何时，窗外开始下起小雪，地上还没有一点儿痕迹。星星通过星门相连，可是勇敢的开拓者们一个个却像这薄薄的落雪，消失得无影无踪。

“信颜，”小兮舔了舔嘴唇，“我还是要去。我要离开这里，越远越好。”

二 缀玉联珠

受到同一种外部刺激时，不同的人大脑神经元会形成千差万别的聚合模式，就像同一块石头每次投入湖水中，却激发起不同的涟漪。对于可见光频段中的同一个频率，有的人想起嫣红的百合心情舒爽，有的人则失声痛哭，只因重见了爱人归西前眼角一颗鲜红的泪滴。

深夜的北京，雪更大了。位于三里屯的这座崭新的星联所大厦像剑一样指向星空，随时都有几层灯火通明，成为北京永远不会暗淡的新地标，不断把选中的人类送上目光无法企及的宇宙深空。

口岸资料审核部门不加班，信颜带丁小兮进来时，一个人都没有。

“我搜一下……北京大学零号医院……普外科……啊，找到你了。”

密密麻麻的体检表格划到最下面，“神经元聚合模式”一栏写了个鲜红的A-，然后就是“不合格”的印章。

“A-不是勉强合格的意思吗？”小兮问。

“神经元聚合模式是一个系谱，B是基本合格，也就是正常的意思。A和C分属两个极端，都不算合格。”

“我不太明白。”

“走出地球是一件大事，人选，从来都是重中之重。即使可以通过测试衡量抗压能力、一般性格、学习能力、身体素质等指标，但人心隔肚皮，在极端情况下的责任感和道德感无从得知。为了防止再出现因为想回地球而自私破坏空间站的事故，他们找到了一个方法，直接测量候选人大脑的意识模式。”信颜打开另一个页面，给小兮看几个大鼠大脑切片的电压敏感染料成像，“你要知道，大脑并非分区工作，而是依靠不断明灭、跨越整个颅骨内部的神经元聚合。”

小兮呆呆地望着，“什么意思？”

信颜叹口气，“小兮，你体检时是不是做过一个远距离联想测试？”

“好像是，有一张卷子，上面有几组单字，让我想个新字，能跟那些字都组成词语……”

信颜点点头。“这就是测试之一。简单说，测试你大脑的稳定性。测试结果是一个范围，从A--到C++，而选拔标准，就是神经元聚合模式最稳定的这部分，也就是中间的 B 级。”

“这种人怎么样？”小兮脸上露出了小时候被老师批评时不服的表情。

“理论上，这样的人很难崩溃，同时有足够的责任心和社会化程度，容易合作。”

“A 和 C 又是啥意思？”

“C 级我们叫石人，大脑容易产生块状的大神经元聚合，外在表现就是创造力差、顽固，抑郁患者、思维僵化的老人甚至会到 C++ 级别；A 级叫羽人，神经元聚合模式小而散，表现在联想能力强，且只能处理当前受到的刺激，无法进行长远的规划。极端就是 A-、A--……”信颜猛地想起小兮的评分，生生咽下了后半句话：多在儿童、精神病患者和一些精神类药物吸食者中间产生。

“信颜，这个意思是说，我不正常吗？”小兮笑了笑。

“只能说你的大脑比较活跃……创造力和精神稳定程度一向成反比。”信颜调出了小兮的详细资料。大脑的三维模型中，激活的神经元就像五颜六色的烟花在反复绽放。“太小了，太活了。他们会觉得你……不可控。”

“那……我该怎么办？”小兮盯着屏幕，她浅色的眼珠里映着那些烟花，好像大脑第一次在镜子里看见了自己。

“我有个办法，但是你真的要这么做吗？”

三 联袂而至

19 世纪初，法国解剖学家加尔和施普茨海姆认为，头盖骨的外部结构可以推断一个人的心理功能和特性，这就是颅相学。

丁小兮启程的日子快到了。开拓团准备的地方在星联所大厦的另一层，信颜再没见过她一面。

小兮以为信颜帮了她，其实是她帮了信颜。从那个氤氲着韩国烤肉香气的刺激夜晚开始，展信颜的世界一下子轻松了太多。

几万个星门，几万个触手可及、环境恶劣的殖民地，人类的梦想都没有如此狂野。信颜到星联所就职不久后就被要求做了体检，没想到自己竟然是极少数的合格者之一。

作为一个标准的 B 级常人，三个月之后，展信颜必须按照安排启程，去往距离地球三百光年外的一颗类地行星。

但她喜欢北京清透的晨曦，喜欢在郊区的小房子里侍弄摆满阳台的绿植，喜欢小咪半夜趴在身上睡觉，喜欢双脚踏在坚实的土地，喜欢一步一步走向规划好的前程，成为一个脑科学科研工作者，为人类文明开拓出针尖儿大小的进步。她离家最远的经历是去美国交流访学。未来也许可以去一趟火星。

体检出结果那天，她走出星联所大厦，深深呼出一口气，北京的冷空气立刻将它凝结成了一团转瞬即逝的白气。最后三个月，好好享受一下这个星球吧。零星落雪，人影憧憧，地铁站的光温暖而喧嚣。

本已打定主意跟家人告别，可随着天赐计划开启满一周年，当年壮烈辞行的第一批开拓团却失联的失联、团灭的团灭。那些都还算是天赐星门外环境最为温和的类地行星。消息被封锁在星联所内部，人们加强了对开拓团成员的筛选，后来连神经元模式 B– 的人都会被打上体检不合格的标志。

到底是为什么呢？有人说在每个星门背后都有一个等着吞噬人类思想的外星怪兽守株待兔，利用人类对宇宙深空的好奇布下诱饵；也有人说这是一种诅咒，提醒人类不要离开地球这个伊甸园，就像没有准备好的海鱼不要贸然上岸。信颜不信这个，但天赐星门确实还有太多未知存在。

总而言之，信颜不想这么快丢掉自己的性命。神经元聚合模式复杂且独特，难以造假，但互换还是有可能的，只要知道另一个人完整的信息，还有指纹、瞳孔、基因特征……

丁小兮是自己送上门来的。扪心自问，信颜已经把所有已知的风险都告诉了小兮，这不能算一种欺骗。

完成互换、离开星联所大厦的那天夜晚，小兮笨拙地抱了一下信颜，眼泪和着绿色闪光眼影蹭在了她的白色羽绒服上，说她永远会记得她。

唉，就这样吧。也许小兮足够幸运，能够成为新星球、新文明的夏娃。而自己，只要继续拥有眼前稳定的人生，就足够了。信颜望向窗外，人群车流在小积木一般的建筑间穿梭，一群信鸽从空中飞过。白天看不见星星，更看不见天赐星门，只能看见……生活。

手机不合时宜地振动起来，信颜低头一看，是来自房东的一条短信："租约解除，请在今天搬走。"

信颜皱起眉头，她明明是个模范租客，已经在张伯伯这里整租了三年，房租水电都及时缴付，为什么……

"展信颜。"突然出现在工位上的李主任打断了她的思绪。40多岁的中年男人眉头紧锁。即使有了很高的行政职级，这位专精脑外科的医疗工作者还是喜欢穿白大褂上班。

"你被停职了。"

四　蝉联蚕绪

羽人的大脑和没有发育完全的孩子类似，无法准确理解一些简单隐喻，倾向于从字面意思进行理解。当你告诉一个哭泣的孩子"木已成舟"，他可能会很奇怪，房间里并没有一条刚刚造好的船。

信颜觉得很奇怪，主任没有提起任何跟工作相关的事，只是让她"休息一段时间"，还给她提前发了一个月工资。应该不是调换资料的事被发现了，不然主任绝对不会这么温和。不管怎样，正好回家去处理一下租约的问题。

刚走进楼道，她就听到了一声猫叫。小咪从二楼的楼梯扶手上跳下来，精准地落在信颜的怀里，差点把她撞翻。"小坏蛋，你怎么跑出来了？"信颜抚摸着它背上的黄毛，继续往上走。是忘记关门了吗？

楼梯一拐，信颜看到自己家里所有的家具、行李都被扔了出来，几乎塞满了楼道。房东张伯伯刚好在门口出现，一手握着一盆绿箩。见到信颜，他直接朝她脚底下扔。好不容易淘来的花盆在水泥地上炸开，鲜绿的叶子混着泥土，根茎毕现。

“您这是干什么？合同还有一年半才到期呢！”信颜据理力争，不明白发生了什么。

“赶紧清走，别占地儿。”房东指着一片狼藉，转身回屋，狠狠关上了房门。

“喂，你说清楚，喂！”信颜冲上去敲门，还去敲了之前关系还不错的邻居的门，但没有一声回应。小咪被她抓疼了，又蹿上了栏杆。

简单收拾出两个大箱子，信颜把其他东西都留给了楼下收垃圾的大爷。把小咪装起来，背上猫包，信颜坐在小区的石凳子上打车，准备去最近的旅馆对付几天。打车 App 上显示附近没有人排队，但就是没有司机接单。她干脆把手机放进兜里。北京的寒风格外冷。

这时，信颜看到一个双马尾女孩气鼓鼓地从楼道里出来，也拉了两个鼓鼓的大箱子，拉链都没拉好。女孩对着单元门破口大骂，然后把箱子重重摔在地上，自己坐在箱子上痛哭。

“喂，”信颜走过去拍了拍女孩的肩膀，“你也是被房东赶出来的吗？”

女孩抬起头，泪水令刘海一缕一缕粘在脸上，彩妆糊成一片，抽泣得说不出话，只有两根马尾在脑后跳跃。

好不容易聊上几句，信颜突然心里一动。她似乎见过这个女孩，就在最近，是在哪里呢……

终于，信颜在路边拦住了一辆老出租，和还在打车的女孩道别。关上车门的时候，她一下子想起来，就在昨天，一份 A- 级资料，证件照上就是这个双马尾女孩。

她突然觉得，也许永远不会有人接那个女孩的单了。

五 蝉联往复

石人的思维模式往往已经固化，难以接受新的思维，会按照自己的方式理解信息。但是，如果石人遇见跟自己想法相近的观点，会立刻将其吸收，让思维更为坚固。

谁也不知道神经元聚合模式资料是如何从星联所泄漏出去的，泄漏名单有多长，泄漏范围有多大。一份黑红名单已经在纵横各个网络的推荐系统中流传已久，有人利用石人的特点施以诈骗，更多的人对羽人避之不及。

脑科学圈内曾有多个专家反对这项技术过早应用，但是天赐来了，很多还在实验室阶段的技术都被征用。技术一经启用，就会出现相关数据；数据一朝成文，就会有泄露的风险。在那之后，社会大众自有一套方式对它进行解读和运用，从此一切便脱离了科研工作者的掌控。就像一旦人类窥视到核裂变技术，便再也无法阻止蘑菇云在地球上升起。

其实，信颜早就隐隐知道信息会泄漏。在她参加体检之前，主任曾经跟她要过一份在职员工和求职者的神经元聚合资料，据说是星联所人力资源部门的要求。后来几个月，星联所的薪资结构进行了一个大调整，有人升职，有人被辞退，而门口几个思维古板的保安则收到了数额不菲的红包，在星联所内部一度引起不小的讨论。当时信颜并没有往这个地方深想。而现在，自己更换上丁小兮的A-级结果才几天，就立刻被软性辞退、暴力退租，甚至成为叫车软件、外卖软件和酒店订房软件的透明人。最后，只有一个青旅收留了她。老板似乎是个A级羽人，青旅最近住的旅客也都跟小兮气质相仿。信颜想了想，回去把双马尾女孩也接了过来。

只是，这里没有一个羽人知道自己为何被区别对待，信颜也缄口不言。

这几天，她无数次回到星联所大厦，但都被人力资源部门精心挑选出来、比石人还石人的保安团队拒之门外。

回到青旅，信颜看到镜子里的自己头发蓬乱、衣衫不整，差点哭出声来。从出生到现在，信颜从没有这样孤独和绝望过。她一直是一个“标准”的孩子，在学校好好学习，在家里听父母的话。成绩好，各科老师偏爱；表现乖，亲戚都羡慕她家有这样一个女儿。一路平安走过中考、高考，大学还没毕业就被保送到全国顶尖高校直接读博，钻研人类思维和意识的本源——大脑。天赐来临，她响应时代的召唤进入星联所做口岸的公务员，差点成为光荣的开拓者，不管怎么都该是一帆风顺的人生，怎么就搞成了这样，一瞬间丢失了一切？

她忍不住怨恨丁小兮。小兮肯定也经历了这番遭遇，才铆足了劲儿要去其他星球。她后悔跟小兮互换资料，甚至后悔在初中时跟小兮搭话、成了“疯小兮”唯一的朋友。说不定小兮也丢了工作，毕竟她可是给人开刀的角色，谁会让一个潜在的精神病患给自己做手术呢？

此想法一出，信颜吓了一跳，转而觉得自己恶心。

她想起19世纪的颅相学，通过头骨的凸起来判断一个人的性格。神经元聚合可视化……人们只是换了一种方式观察大脑的活动，能得出一些统计学意义上的结论，筛选出能胜任特殊职业的人。但真的能由此断定一个人的一切吗？信颜知道，真正极端的情况还是很少的，不管是A–还是C+，无数被简单打上“不正常”标签的被试都已经在工作岗位上兢兢业业工作了许久，就像操刀外科手术几百台的丁小兮……虽然喜欢把人肉味儿跟烤肉味儿联系在一起，也从不耽误她治病救人啊。

信颜之前对此毫不在意，只是因为她常年安全地待在“正常”范围内，看不到阴暗角落里的一切，没有感受到无处不在的歧视。她确信，自己不会受到任何影响。

但是她知道，对人类本身的草率分类，从来没有什么美好的结局。从历史上来看，每一种分类的背后，都不同程度隐含着隔阂、分裂、排异，甚至血腥。因为那总意味着，人可以用一种标准去测量他人，这个标准往往既片面又主观，从而轻易得出简单却错误的结论。

但人类又总是不断发明新的测试、找到新的标准对同胞进行分类：性别，种族，肤色；地域，学校，职业；星座，MBTI，九型人格。排挤异类，团结同类，筛选下属，寻找佳缘。

历史不断重演，而她过去到底是怎样的勇气，认为自己在每一个测试中，都能永远拥有一个“正常”的标签？

分类，分裂，“非人”落进裂缝，“常人”盲目前行。

在洗手间不远处的青旅通铺，几十个羽人正在轻吟浅唱，房间四壁都是色彩艳丽的涂鸦。散落在各处的低调社畜，聚在一起则激发出了艺术家特质。但信颜听不懂其中的妙处，也看不懂涂鸦上的符号，就像永远无法理解丁小兮的脑回路——用电刀做手术等于吸收人肉粒子，小兮到底是怎么想到的？

没关系了。

信颜知道，自己必须背负责任，去做正确的事。

就像在初中时，面对被所有人欺负、孤立的疯小兮，虽然不理解她，但自己也没有转身离去。

“你在唱什么？教教我吧。”

六 级联反应

人们都说，“想”不等于“做”，但是研究表明，即使是在头脑内想象琴音与琴键的对应，被试大脑皮层中负责管理手部肌肉的脑区都会扩大，这跟真的每天练琴两小时差不多。

还没到星联所门口，信颜发现整条街几乎都被堵住了。采访车辆、人群还有维持秩序的警察。一旦有人在保安团队的护送下出来，各个媒体的记者便会蜂拥向前。信颜还看到了很多拿着自拍设备的自媒体。

她戴着鸭舌帽和口罩奋力向前挤，竟然在混乱中进入了星联所大厦。

由于没有门禁卡，信颜只能一层一层爬楼梯，足足爬了二十层。她想起自己之前经常在办公室欣赏高层风光，却从未想过自己有多幸运、其他人一点点爬上来有多难。到达目的地后，她在楼梯间歇了好一会儿才把气喘匀。

进入办公层，竟然一个人都没有。信颜正要庆幸，突然听到一个声音。

“信颜？你怎么在这里？”

她猛地抬起头，李主任再次神不知鬼不觉来到了她面前。几日不见，主任明显憔悴了，下巴上长了不少胡楂儿，白大褂也脏了、皱了。他的手里抱着一个金色的文件夹。

“我……我有东西忘在这里了。”

“哦。”主任一屁股坐在她对面，把文件夹里的资料摊开研究，似乎也不想追究她是怎么进来的。

“办公室怎么没人了，小于、老林他们呢？”

“外面闹事，我让他们先回家了。”他头也不抬。

“主任。”信颜鼓起勇气，知道这是最好的机会。此时此刻只有他们两人，不管说了什么，都有斡旋的余地，“您当时停我的职，是不是因为我的神经元聚合模式评级是 A- ？”

疲惫的主任终于抬头看了她一眼。

“那么多参加过开拓员体检的人……他们的神经元聚合模式，是我们这边泄漏出去的吗？”

“评级、泄露，对你们确实不公平，”主任缓慢地说，“但这些事现在都不重要了。”

“那还有什么事重要？难道外面那些人，那些记者，不是为这个来的？”

主任终于放下了手里的文件，长长地叹了一口气，整个人仿佛在办公椅里又缩了一尺。“你这几天是不是不看新闻？最近又有十几个殖民星球的开拓团失联了。”

不知道是不是错觉，信颜觉得主任的眼睛有些红了。他又叹了口气，把手中一沓A4纸打印的文件甩到信颜面前。“你说说，你说说，那些全军覆没的也就算了，这次至少有十四个殖民地又是主动断了联系。这是他们最后几次发回来的文件，最资深的语言学家都看不懂。还想找我看……有个屁用！”

信颜翻看那些文件，确实满篇都是她无法理解的符号。也许外星环境如此陌生，也许几千光年的距离确实无比遥远，但通过星门的人类，真的能够在这么短的时间内形成新的思维模式，与故土的文化一刀两断吗？信颜读过一些人文社科的科普书籍，语言和文字可是最有生命力，也是对一个人影响最为深远的东西，殖民地怎么可能这么快产生新的语言和文字呢？

等等……信颜心里一动，这个现象，她好像还真见过……

“你说的那个，信息泄漏的事，想曝光就曝光吧，”主任把文件从她手里抽了回来，“虱子多了不怕痒，天赐计划都要破产了，屎盆子该怎么扣就怎么扣。只是你现在是A-级，你说的话，不置信。”

“我实际上是B级，都在开拓员名单里了，是丁……是我擅自跟另一个人换了神经元聚合资料。”信颜快速说出真相，手里汗津津的。

主任又抬头看了她一眼，叹口气，似乎已经没力气跟她计较这些。“神经元聚合模式可视化仪就在楼上，你自己再测一测，把资料改过来吧。”

信颜点点头，抓起背包就往楼上跑。这可是她这几天求之不得的东西。只要刷掉记录，她还是一个 B 级的“正常人”，无论是回归科研生活、继续留在北京还是替其他被评级伤害的伙伴奔走发声，她将再一次拥有无数选择：整个快速运转的社会再次为她敞开大门，为所有人提供便利的系统重新将她视为服务的对象……

没有人给她做远距离联想测试，机器自动测量的结果很快出来了。她激动地守在报告打印机前，满心期待一个绿色的 B。

可她等到的，却是另一个鲜红色的 A。不是跟小兮一样极端的 A-，但至少也该是个 A+。

信颜的世界，再一次崩塌了。

七 偶发失联

安静的环境会增加食物的咸味，加热舌头可以凭空尝到甜味；银勺子会让酸奶吃起来更黏稠；同样用白勺子，粉酸奶要比白酸奶尝起来更酸。

信颜不知道自己是怎么走下二十层楼梯的。她在神经元聚合测试间挣扎了五六个小时，反复测试、看结果。她甚至用高速摄像机给自己的大脑照了神经元聚合三维动态图像。作为一个脑科学科研工作者，她不得不承认，自己的神经元聚合模式已经不再是稳定的B级。她将再也无法洗刷记录、重回正常社会，更别提什么改变社会。

走出星联所时，晚霞已尽，门口曾堵了一条街的记者和网红也尽数散去了。信颜不想坐地铁，只得把羽绒服的拉链拉到顶，试图阻挡北京夜晚的寒风。这时她注意到，小兮那晚蹭在她肩头的绿色眼影还在，像一片绿色的羽毛。

回到青旅，女孩们难得没有唱歌，而是聚在一起看挂在墙上的电视。她们好像从来不会担心明天，更关注于此时此刻的情绪，这正是神经元聚合A级的特点。在这里混久了，信颜发现自己也逐渐情绪化了一些。

“颜颜，你回来了！”有人热情地招呼她，拍了拍自己身边的位置，“新闻正在说你们星联所呢。”

信颜把羽绒服挂在门口的架子上，白色的领子蹭到了她们今天在墙上新涂的颜料，不过已经无所谓了。

“颜颜，你说，他们真的会停止往外星送人吗？嘟嘟？”

“说不好……你觉得呢？”信颜没有力气说更多话了。

“我觉得太可惜了，绮。”另一个人叹了口气，“我知道人类其实很持，连太阳系都飞不出去。这回放着这么催的快捷通道不用，以后卡怎么办？其实本也去过应征，但是没有过选，要是有机会，真想去外星闯一闯！”[1]

[1] 羽人内部已经发展出独特的语言，无法被其他人所理解。

信颜在心里苦笑，没想到羽人中还有这种志向。可惜他们不知道，要不是参加星联所的体检，他们根本不会丢掉工作和房子，在青旅里受苦。

今天她已经太累了，独自走到角落，一头栽进自己的被褥里。

半梦半醒间，这几天的一切遭遇在脑海中盘旋，不合逻辑又难以疏解。丁小兮，星联所，羽绒服上绿色的印子；双马尾女孩，主任，工位，电脑；街道上吵吵嚷嚷的人群，太空中被星门连在一起的行星，青旅里无穷无尽的歌声……好像现实将一块巨大石头投进意识的海洋掀起滔天巨浪，要信颜一生中所拥有的所有脑细胞加在一起才能承受……

黏糊的双眼睁开一条缝儿，她意识到歌声并非来自梦境。电视关了，是羽人在轻吟浅唱。再一次，她没有听明白歌词，甚至不知道她们唱的是哪国语言。她只知道，上一首歌的唱词完全是那几个姑娘一起发明的。既然自己的评级已经掉到了 A，恐怕以后也会跟她们一起唱这种没有人能听懂的歌曲……属于羽人的歌曲……

等等……短时间出现的新语言？熟悉的感觉一闪而过，被她敏锐地抓住了。

展信颜猛地坐起身：她必须再去一次星联所，越快越好。

八 珠璧联辉

在神经元间传递信息的递质有很多，多巴胺、组胺、去甲肾上腺素、乙酰胆碱……有时，一些神经递质不会立刻引发神经元的兴奋

或抑制，但是在未来的某个时间点，它们会放大或减小脑细胞对刺激做出的反应。

就像你年轻时邂逅一个人，你不知道她会对你的生活产生什么影响，但当你遇到难以自解的困难，她却毫不犹豫地伸出援手，将你拉出泥潭。

北京的深夜，展信颜向星联所跑去。她的大脑飞速旋转。

人们总认为自己如此特别、有着独一无二的主观意识，而大脑受到遗传、记忆、童年经历的影响，也确实有着千差万别的反应模式。但有两点不能遗忘：一、所有的反应模式都散落在从 A-- 到 C++ 的一条系谱上；二、全世界 70 多亿人口，任你千差万别，神经元聚合模式相似的人总是大量存在。

这是什么概念呢？也许两个人肤色不同，性别不同，成长文化不同，祖先在两个大陆，一个是肌肉男一个是娇小姐，可同样面对小混混的挑衅，两人的第一反应都是冲上去教训对方一顿。这就是皮囊下的思维一致。

当然，大部分人落在 B- 和 B+ 两个属于“正常”的大区间，放在一起也不会有什么问题，跟现代主流社会群体没有两样；但纯“B”级、“A-”级、“C+”级在系谱上都是极窄的极端区域，思维模式一致性又上升了一个数量级。在星联所的精挑细选下，这些散落在人群中思维模式相同的个体被迫相遇，一部分组成高精尖队伍穿过星门完成危险的星际殖民任务，另一部分被体系排挤，无奈在社会边缘处抱团取暖。

这是神经元聚合模式可视化之前从来没有出现过的现象，可怕的事情同时从两个群体中浮现——思维的超近亲繁殖。

这样一群本就相近、此时更是无时无刻趋同的人凑在一起，不久就会发现现有的语言是如此冗杂、低效，而彼此只要几个字，甚至一个眼神就能相互知晓心意。

在与其他社会群体相对隔离的情况下，新的语言便以飞快的速度诞生。与此同时，这些新人类，再去与自己群体之外的头脑交流，必然产生痛苦与疲惫。如果在这种情况下还要应对极端环境的挑战，那么团体内部同化的速度便会加倍。而遥远的距离也会加强人与人之间的隔阂，更何况无数光年外永远都回不去的家乡。信颜相信，这就是那些殖民地发来难解信件后逐渐主动与地球断联的原因。新的语言太舒适、太强大，他们的思维已经在异星环境中通过不断的超近亲繁殖同化成了全新的文明，甚至是物种。

近亲繁殖的灾难性后果，人尽皆知。而这次，也许就是人类文明历史上，第一次看到思维近亲繁殖的后果。

并非有未知的怪兽守在星门另一端吞噬人类的思想，而是人类自身的傲慢在断送物种飞向宇宙的行程。

终于到了星联所，信颜抚着膝盖气喘吁吁，汗水和泪水一起流了下来。还有二十层楼梯要爬，她必须——

“哎！干什么的！不许进！”一个男人突然冒出来，拦住了她的去路。信颜心里一沉：这正是前几天拦她多次、以顽固著称的石人保安。听主任说，他们心里最固结的思维，就是“保卫星联所”。

“我……我是来救星联所的，”信颜鼓起勇气，“请您相信我！”

“真的吗……”男人暗沉的眼睛亮了一下。恐怕他也知道，这些年来忠心守卫的星联所，即将跟天赐计划一道被世人的口水淹没了。“那你来吧，我给你开电梯。”

几分钟后，信颜如愿抵达星联所负责接收家信的那一层。她感激地望了保安一眼。他只是替她打开了顶灯。

家信办公室跟她之前工作的地方很像，四处都是星联所金色的logo。没有人在，文件四处散落，中间一排淡蓝色的三角形机器嗡嗡作响，还在接收东亚开拓团成员1比特1比特挤回来的家书。

信颜必须在这里找到证据支撑她的理论。毕竟，现在她的信用在天赐系统中是破产的。对A级羽人的偏见先不说，单是调换思维模式，都够她上一趟法庭了。只是主任暂时不想跟她计较，如果风波过去……她只能控制自己先不想这些。

长夜漫漫，她看了无数封信件，都无法组成令人信服的证据链。天赐星门有去无回，开拓团每天只能通过无比狭窄的反向通道发回以比特计量的信息，这又如何能看出思维近亲繁殖的恶果在不断蔓延呢？开拓团的成员身在其中，必然也无法通过自己的大脑意识到这一点，毕竟，你无法用黄油做成的刀来切黄油。乐在其中的羽人团体也是如此，只因她是无意闯入的外来人，才能发现其中的问题……

等等，外来人？她展信颜是羽人团体中的外来人，那已经跨越星门的丁小兮，岂不也是那个开拓者团体的异类？小兮，会有什么发现吗？

信颜冲向资料架，寻找丁小兮去的那颗星球发回来的家书。一个个金色的文件夹翻找开去，她的心跳越来越快……她已经变得很情绪化了……

终于找到了。标记着“丁小兮”的文档已经有了厚厚的一摞。可信颜翻开一看，却连成型的字句都没有——一张张 A4 纸上，只有散落的几百个墨点，好像盲文一般……而星联所的批注也不过是重复的几句话：无法解读，无法解读，无法解读……

抱着小兮在几十光年之外传回来的密码，信颜跌坐在地。不，她不愿意相信。就算思维同化能力强，小兮也一定不会这么快就被……一定有解法。她擦了把眼泪，蜷缩在资料柜的一角，一张一张分析天书般的点阵。

突然，那熟悉的感觉又回来了。

九 星星相连的方式

星星是如何相连的？

相恨不如潮有信，相思始觉海非深。

深知身在情长在，怅望江头江水声。

丁小兮是唯一一个通过逆向星门回到地球的人类。

这么说也许不准确，她的肉体已经在星门未知的技术中湮灭，回来的不过是简化后的符号。而这些三维点阵图正是一个人最为独特、又最为重要的存在：神经元聚合模式。

信颜把点阵图输入神经元聚合模拟系统后，一个残缺的“丁小兮”便在计算机中睁开了双眼。人们无法判定她是否有自我意识，只是给她一个刺激，她会做出丁小兮一样的反应，问她一个问题，你会听到丁小兮式的回答。

在面向全球的发布会上，“丁小兮”讲述了她随开拓团到达目标行星后，那些思维模式高度一致的队友如何快速磨合出全新的语言，又如何在做出一致而错误的选项时丧命。因为与地球交流不畅，他们越来越沉溺于内向团结，几乎黏腻成了一个大脑……

丁小兮注意到了这种现象，但她作为违法进入团队的成员，只能小心翼翼伪装得跟大家一样。渐渐地，事情开始失控，几个队友惨死，剩下的人商量着放弃任务、与地球断联……小兮想起信颜曾经跟她说过这种事，只是地球上的人从未有机会了解真相。而她，一个永远的异类，在冷眼旁观中领悟到什么……

再一次，她不被身边的“常人”所接纳，再一次，她想要逃到最为遥远的地方。她的目光再次转向星门，尽管所有人都告诉她，没人能从星门里回去。

最终，回家的“小兮”只剩一点灵魂碎片，恰好被信颜捡拾。

春节到了，信颜决定留在北京的出租屋里过年。她并不孤单。房间里装点了新的绿植，寄养在双马尾女孩那里的小咪也被抱了回来。打开全息投影仪，小兮的虚拟形象出现在沙发上，还是涂着绿色的眼影。

“你决定了？”

信颜点点头。“这次我又被选上了，你也是负责星联所做神经元聚合模式评估的人，还能不知道吗？”

“这不是保密条例受限，我无权透露嘛！”小兮往后一仰，跷起二郎腿，“现在那些老家伙搞得好严格，还要严格配比去每个星球的ABC级人员数量，人为制造思维多样性。要我说，根本不用测，随机选人就行了。”

“总是好一点儿了。”信颜起身去厨房，端回来一盘热气腾腾的饺子，“我要吃饭了，可别说什么人肉粒子之类的话。”

“哎，你可别说，那些患者的一部分都跟着我上了太空，现在估计都散落在星门通道里了，那可是真正的‘前人未至之境’……”

“行了行了……”信颜咬了口猪肉白菜馅的饺子，眼泪落在了桌子上。回来的信息终究太少，她用通用大脑模型作为基底，再加上之前在星联所留下的体检资料，才勉强让小兮特有的神经元聚合模式生动重现。星途异旅留下的记忆因此模糊而残缺，少了太多挣扎、痛苦、破碎与决绝。全球发布会上那段顺滑的故事掺杂了信颜自己的诱导，而她永远无法知道，在茫茫宇宙的另一个角落，丁小兮到底经历了什么。

眼前的“小兮”看起来灵动而真实，只是，只是她多么怀念星联所前的那个拥抱，那个结实、温暖、在她羽绒服蹭上绿色眼影的拥抱……

“信颜……”小兮似乎没有注意到这点，转头望向窗外。

“怎么了？”

“据说在这个时代，每个人对天赐事件、对这些突然出现的星门都有自己的理论，你的理论是什么？”

信颜叹了口气，“我不知道，我宁愿等科学家探索的结果。”

“其实，我有一个理论，”再一次，小兮的眼里盛满了亮晶晶的东西，应该是模拟出来的，并不是真正的星空倒影，“以地球为起点，突然出现通向几万类地行星的限时近单向通道，可以供人类、宇宙粒子通行。这难道不像受到外部刺激后，大脑内部涌现出来的神经元聚合体吗？人类就是递质，把一些我们自己都不知道的信息带到另一个神经元上……”

“你说宇宙有可能是一个大脑？”信颜笑了，“哪来的古早脑洞。”

“你别笑，”虚拟小兮的语气严肃了起来，“对于思维来说，组成它的物质是什么不重要，物质间的连接方式才重要。只要节点和层级够多，神经网络能让任何载体都模仿出大脑的思考，工具甚至只是一个破旧的音箱。而我的存在也证明了，仅仅几百个三维点阵记录下神经元聚合的关键模式，再加上基本的大脑结构，丁小兮还能活灵活现出现在你面前。”

信颜一时沉默了。

“其实，”小兮把目光转向信颜，“我分析过天赐星门的连接模式，跟大脑介观尺度的神经元聚合确实有一定的相似之处。只是跟人类相比，宇宙时空的维度大得超乎想象。也许物种千万次更替才能见证两个脑细胞的相连，文明的火种不断明灭，也不过是为了在恰当时刻作为神经元递质送上微末的信息点。而在宇宙外部，又是什么样的世界在刺激这颗硕大无比的头脑呢？”

信颜望着小兮，还是一句话都说不出来。

“信颜，原谅我的自私，我想让你再帮我做一件事。”小兮垂下目光，“不知道为什么，这段时间我一直醉心于寰宇级别的非定域神经学，无比渴望一窥宇宙外面的世界。最近，我终于找到了一个突破口。我发现，一些星门的连接方式非常像人类大脑的视觉中枢。那里可以以信息量极高的形式记录外部刺激，也许可以有些发现。”

“我……”

“信颜，如果你已经决定远行，你能帮我去那些星球看一看吗？我知道，丁小兮已经死了，你眼前残破的神经元聚合模式就算走得再远，也已经不再是她了。但是你还在，信颜，你愿意帮我，愿意帮帮丁小兮吗？”

夜幕早已拉起，群星悄然隐现。在无数神经元细胞跨越时空的照耀下，展信颜点了点头。

参考资料：

[1] 王烨，余荣军，周晓林．创造性研究的有效工具 —— 远距离联想测验 (RAT). 心理科学进展 13.6(2005):734-738.

[2] 苏珊·格林菲尔德．大脑的一天．上海文艺出版社，2021.

[3] Max Bertolero and Danielle S.Bassett. How Matter Becomes Mind，2019.

[4] Wright，Logan G.，et al. Deep Physical Neural Networks Trained with Backpropagation. Nature601.7894(2022): 549-555. Print.

滋滋作响的阳光

有这么一种说法，没经过青春叛逆期的乖小孩，意味着失去了一次在心灵上独立于父母的机会。随着年龄增长，两代人的差距逐渐增大，他们终究要面临一个逃不开的命题：如何以一个成年人的身份重塑与父母的关系。

当然，父母也必须面对同样的问题。

一

李茗音那年 7 岁，成长在一座小城里。

每年春节前后，小城的中心广场就会搭起一排一排五颜六色的大帐篷，装满了有意思的人和事：有栩栩如生的糖人，有精巧绝妙的剪纸，画师将顾客的名字创作成龙飞凤舞的彩画，还有魔术师在人堆里展现魔法。

热热闹闹，五彩斑斓，热气氤氲。这是小茗音最喜欢的地方。尽管小手被紧紧攥在妈妈的手里，茗音仍然可以活力十足地挤来挤去，拉着妈妈去探索每一个大帐篷里的传奇。

玩着玩着，茗音也有点累了，撒娇躲在妈妈怀里，头靠在妈妈的肩上。就在要睡过去的当口，她突然在一片嘈杂声中注意到一阵悠远的鸟鸣，跟着是溪水哗啦哗啦流淌的声响，接着仿佛突然爆发一般，千万头角马从远方奔腾而来，无数蹄子猛烈践踏大地……茗音睁开眼睛，母女俩已经走到了民俗展的尽头。只剩几个没有人光顾的小帐篷。这些声音就是从其中一个小帐篷里传出来的。有人在放《动物世界》吗？这可是茗音最喜欢的电视节目之一。

茗音从妈妈的怀里跳下来，拉着妈妈跑进了那间无人问津的小帐篷。进去的瞬间，所有茗音感兴趣的声音都消失了。帐篷里没有花花绿绿的摆件，也没有电视或收音机，只有一个干瘦的老爷爷。老爷爷的耳朵和眼睛都很大，看起来像动画片里的人物。他抚着自己的长胡子，愣愣地看着闯进来的茗音，似乎不敢相信她是真实存在的。

“不好意思，打扰您了，孩子听到这里有声音，以为在播电视节目，才……”

老爷爷的眼睛亮了起来。他的胡子动了动，好像在笑。接着那些声音又回来了，悠远的鸟鸣、奔涌的流水、疾驰的角马、呼啸的狂风……都来自这位老爷爷的口中。

“哇！教我教我！”小茗音挣开妈妈的手，扑倒在老爷爷膝前。

过了很久，茗音才在语文课上学到了那篇《口技》。

忽然抚尺一下，群响毕绝。撤屏视之，一人、一桌、一椅、一扇、一抚尺而已。

和妈妈的片段之一 · 李茗音 · 7 岁

"妈妈！我学得像吗?"

"太像了，真棒!"妈妈蹲下来，拉住茗音伸过来的双手，轻轻摇晃。

"妈妈，以后我当个口技大师好不好!"

"那瑛瑛一定是最厉害的大师!"妈妈笑眯眯地说，知道女儿不会当真。半个小时前，茗音还信誓旦旦要当世界第一魔术师。瑛瑛还小，未来无限。

茗音开心极了，蹦进了妈妈的怀抱中。

多么美好的一天啊，她希望自己永远都不会忘记。

二

19 岁的茗音刚上台，就发现妈妈远远地坐在观众席里。心里一惊，但随即意识到自己看错了，那只是一位跟妈妈年纪相仿的阿姨。冷汗已经流了下来，感到后背被空调吹得透心凉。这已经不是第一次把中年女性观众看成妈妈了。

脱口秀的场子不大，来的基本也都是年轻人，像茗音母亲这样年纪的听众其实非常少见，大多都是被子女拉来体验新生事物的。有些脱口秀演员特别喜欢在现场挑这样年纪的阿姨、叔叔互动，就因为他们看起来与整个场子格格不入，会带来一些额外的喜剧效果。通常，他们也听不懂年轻人最喜欢的流行"梗"。

这位清瘦的阿姨其实跟妈妈长得一点儿都不像：身着绿色暗纹

旗袍，戴着珍珠项链、耳环，手腕上是翡翠镯子——是妈妈从来不会欣赏的优雅首饰。她的面孔很和善，端坐在两对叽叽喳喳的小情侣中间，似乎是自己一个人来的。不知怎的，茗音觉得阿姨有些眼熟。

演出开始了。茗音用网络流行语和观众打招呼，有些尴尬。好几场都是这样，她似乎没法跟其他演员一样快速与陌生人拉近距离。那份拘谨不是一两个月的舞台经验能打破的。不过没关系，观众们很快就会满意。

3分钟后，茗音的表演进入正题，开始声音模仿秀。她在台上学当红小生说话，学已故的粤语歌手歌唱，然后是猫叫、狗叫、鸟叫，潺潺流水，春风拂柳，悠远蝉鸣。她学得太像了，听不出一丝人声。这是茗音最享受的一刻。为此她愿意接受老板不合理的工资，背诵尴尬的网络段子，试图挤进圈子、当个全职"艺人"。

观众们也相当买账。他们立刻忘了刚才的腹诽，纷纷拍手叫好，和同伴咬耳朵，不少人提起小时候学过的课文《口技》。茗音偷偷看了一眼，那位穿绿色旗袍的阿姨还是端坐着，但她的眼睛亮了。她们的目光短暂相接。

茗音突然想起来了：上周她去小园子里表演《学方言》时，这位阿姨也在。只是听相声的人里男女老少都有，阿姨没有像今天那么显眼罢了。

和妈妈的片段之二·李茗音·9岁

"妈！我回来了！"

茗音背着书包进门，只见妈妈脸色铁青地坐在沙发上。茗音的后背立刻被冷汗浸湿了。她一紧张就会这样，尤其是在妈妈这种目光下。

“李茗音，我们当时怎么说的来着？不许再出怪声，一句也不行！”

“我没在家里练……”

“老师的电话都打到我单位来了！”妈妈在克制，但声音逐渐增大，“说你上课搞怪，扰乱课堂纪律，甚至建议我带你去医院看看！”

“我……我只是听到有只不认识的鸟在叫，就偷偷学了下……”茗音的声音几乎钻进了地缝里。

“上课时间不好好听讲，你看看你上次的成绩！”妈妈一把抡起身边的沙发靠垫，顿了一下，狠狠扔在了自己的脚底下。“我再重申一次，从今往后，不管在哪里，你的嘴里都只能给我发出正常的声音……一个正常孩子该发出的声音，你记住了吗？”

茗音点点头，哭得浑身颤抖。

三

下了场子，茗音收拾收拾东西准备回出租屋，老板还在旁边絮叨怎么互动、怎么迎观众缘。茗音不怎么听得进去，她只是单纯享受一个不会被指指点点的口技表演场合。但她心里知道，退学之事木已成舟，如果想走上表演这一行，这些都是必须要掌握的。无论是相声还是脱口秀，语言类艺术一定要讨观众喜欢。没有人会单单买票去看舞台上的一根柱子表演口技，她只能跟其他活泼的演员搭配出售，是每个场子里最边缘的存在。但变得讨喜太难了，虚伪地讨好观众令人恶心，台下一两张不买账的面孔也让她恨不得直接逃离舞台。

妈妈总想让她复读，但与在不适合的舞台上苦苦支撑相比，她打死也不愿意再过一次高三、再参加一次高考了。

想着这些，茗音挎上背包准备出去搭地铁。刚出门，她又撞上了那位阿姨。在剧场走廊昏暗的灯光下，阿姨的眼睛闪闪发光。

“你就是李茗音吧？”阿姨的声音克制而温柔。茗音点点头。

“我是顺水大学语言学系的老师，我姓黄，叫黄晞，”阿姨又说，“有点事情想和你聊一聊。”

“黄老师好。”茗音赶忙叫道。顺水大学……是她再多考 100 分也够不上的好学校。在她认识的人里，只有同班的学霸米粒考上了。阿姨的气质如此出众，确实像大学里的教授。

两人出门找到一家 24 小时便利店坐了下来。

“你今年多大了？是不是还在上学？”

“今年 19 岁，没上学了。”茗音回答。

“这么小，应该好好读书才是，”黄晞阿姨关切地问，“是不是家里困难、交不起学费？”

“我就是……讨厌读书，学不进去。”茗音坦白道。妈妈从小就给她攒够了上大学的钱，是她自己放弃了。

“那你喜欢表演吗？”黄晞阿姨尖锐地指出，“我能看出来，你对观众没有兴趣，只是喜欢……发出一些奇特的声音。”

茗音低下头。“这是唯一一个能让我快乐、又能挣到钱的工作了。”

“远非如此，”黄晞阿姨喝了口便利店纸杯装的咖啡，就像在品茶，“我看了你好几场表演，不管是学各地方言，还是模仿动物鸣吼，甚至用一张嘴叫出高山流水，都惟妙惟肖。这是难能可贵的天赋，更是勤学苦练的报答。在这些小场子里，只能说是明珠暗投了。”

“那……那我应该去哪里？”茗音一下子被说愣了。从小到大，她只知道这属于不务正业，甚至不正常的事儿。妈妈总是这么说。

“你有没有想过，为什么你能发出这么精准、这么多样的音节，其他人却不可以？为什么世界上那么多语言只有固定的几个语音，放弃了自然界更加广泛的音域？”

茗音摇摇头。

“物理学中的声学、生理学、社会学、人类学，还有语言学，我觉得你都能在其中大放异彩。当然，作为语言学系的老师，我更希望你会来这里深造。”

“可是，”茗音舔了舔嘴唇，“我已经没学上了，而且我能考上的学校连外语学院都没有，更别说语言学系了……”

“你才是上大一的年纪，还很年轻，你考虑过复读吗？”黄晞阿姨期待地望着她，“你可以住我们家，我亲自辅导你。”

茗音张开嘴，彻底说不出话来。

和妈妈的片段之三·李茗音·19 岁

“妈，退学申请已经被批准了，我回不去了。”

“瑛瑛，你疯了？不上大学你能干啥，赶紧，妈跟你去求领导，怎么就能让学生随便退学，也太不负责任了……”

“妈！我已经拿定主意了。课上那些东西我根本学不进去。我已经成年了，可以为自己负责了，我要去大城市当个口技艺人，我在网上看到很多——”

啪。

茗音噙着眼泪抬起头，这是妈妈第一次打她。

四

黄晞阿姨的家就在顺水大学对面的家属小区，楼虽然比较老，但是小区环境、楼道电梯都被打理得非常干净。

茗音跟黄晞阿姨进了门，眼前便是一个摆满红木家具的大客厅。富丽堂皇的装饰被落地窗洒进来的阳光照得贵气而不俗气，古典书籍和古董摆件随处可见，客厅遥远的另一边甚至装饰着一个小型瀑布。她惊呆了。

接着，她才注意到屋里还有一个人，正是阿姨在路上提过的女儿黄镜。对方坐在餐厅的红木桌旁，似乎也刚从外面回来，穿一身缎子一样浅蓝色长裙，胳膊上搭着白色披肩，长发微卷，在枝型吊灯下发出洗发水广告里的那种光芒，好像每一根发丝从毛囊里长出来以后都被认真打理着。茗音一下子又看呆了。

“妈，这位是？”

黄晞阿姨稍稍解释了一下，黄镜便拉茗音去了小书房。两面墙壁都装着顶到天花板的书架，满满当当全是书。茗音从没见过这么多书。也许学校的图书馆可以与之媲美，但她从来没去过。

“你叫什么名字?”黄镜盯着她小声问，严肃而疏离。

“李……李茗音。”

“你接近我妈，有什么目的?”

“没有……”茗音如实说了自己在脱口秀剧院与黄晞阿姨偶遇的事情。

“别想蒙我，”黄镜指了指自己的手机，“你要是个男的，我早就报警了。你背后有人指使吗?”

茗音拼命摇头。

“不要耍花招，也不要想着骗钱、偷东西，我会在家里安个摄像头，”黄镜继续警告她，“我会告到你倾家荡产。”

“我不是坏人!”茗音抢白道，“我也不知道为什么，为什么阿姨一定要帮我复读……在脱口秀剧院……”如果她强势一点儿，会说自己的语音模仿能力让黄晞阿姨折服，但茗音从心底里还是无法相信……有谁会正经对待这种小孩子的把戏呢?

黄镜似乎对她在脱口秀剧院的表演内容很感兴趣。听说是口技相关，黄镜的表情变得温和了些。

“唉，我想我妈也是真心想教你。你看她看你的样子……你知道吗，我小的时候，她可是个特别严厉的老师，从来没用这种眼神看过我，”黄镜叹了口气，“那你就留下吧，也跟家里人说一声。”

第二天，茗音的妈妈提着一箱苹果，从小城搭车来到了阿姨家里。她对“黄教授”千恩万谢。同样年过五十，妈妈的手又短又粗，皮肤极糙，什么首饰都没有；阿姨的手也不年轻了，可连凸起的细纹都如此优雅，两只玉镯衬得肤色雪白，似乎是真正的十指不沾阳春水。再想想自己和黄镜的对比，茗音心里突然生出一个邪恶的想法：如果自己当年的妈妈是黄晞教授……

送妈妈回去的路上，茗音一声不吭。

“瑛瑛啊，”妈妈主动开口叮嘱，“黄教授是个好人，你一定要抓住机会，好好听话，好好学习。住黄教授家里，平常也勤快点，有点眼力见儿，多洗水果洗菜，扫地倒垃圾，你那厨艺就不指望你做饭了，总之收收小脾气，别烦到人家。”

“我是来学习的，又不是来打杂的。”茗音冷冷地说。

妈妈脸上的笑容没有消失，仿佛知道女儿只是嘴硬。“瑛瑛，不管怎么说，还是你自己想通了，终于爱学习了。一个女孩，还是得好好读书，上个好点的大学，找个闲点的工作，嫁个对你好的人……”

茗音翻了个白眼。“妈，您想多了，我就是想证明给您看，口技是一项正经的艺术，不，是科学，根本不是您说的那种怪行为。”

“好好好，那就考个好大学证明给妈看。”妈妈还是很开心。她从布袋子里掏出一个红彤彤的大苹果，塞进女儿抱在怀中的背包里。

茗音把头撇向一边。不管怎样，她还是走向了妈妈一直祈愿的“正常”。

和妈妈的片段之四 · 李茗音 · 10 岁

“妈，那个词念 [lèi]，[lèi] 骨，不是 [lè] 骨。”饭桌上，茗音打断了在闲聊的父母，“今天我们在课上刚学了。”

“你记错了吧？按摩馆的师傅一直说 [lè] 骨。从出月子开始，我都在他那儿按了有十年了，他可是正经大夫出身。”妈妈没当回事，爸爸也附和地点头。

茗音不服气。虽然她成绩不好，但对声音非常敏感，从来不会记错读音。茗音放下饭碗，跑到卧室翻出汉语大字典，艰难地翻阅。“就是 [lèi] 骨！字典上写的也是。”她捧着字典回到父母面前，想用白纸黑字证明她是对的。

妈妈根本没看。“都这么说了一辈子了，多大点事儿啊。”

也许从那开始，茗音逐渐开始意识到，妈妈有自己的一套看世界的标准，并不怎么打算改变。无数次无效沟通证明，只有符合妈妈标准的话，她才会真正听得进去。

后来，妈妈还是一直念 [lè] 骨，从来没有改变过。

五

复读生活就这样开始了。因为基础差，茗音每天只在复读学校待半天，下午便由黄晞阿姨亲自教学。一开始，她跟着黄晞阿姨学习高中的课程，不久黄晞阿姨只好找出初中的课本给她补习。

除此之外，两人还要花时间研究茗音的口技能力。黄晞阿姨的电脑里有些标着日期的音频，里面有各种自然界的声音，狮吼虎啸、小溪潺潺、母马嘶吼。没什么规律，一段录音里可能会夹杂着好几种声音。黄晞阿姨让茗音模仿，然后录下茗音的声音，放到软件里分析。茗音觉得挺有意思，她从小就喜欢模仿不同的声音，难度越大越兴奋。

有时因为太过专注，她模仿一场下来竟然会觉得筋疲力尽，汗涔涔的。

当然，她对自己的水平也很自信，一般人听不出任何区别。可黄晞阿姨却对着电脑屏幕摇头。

“看，这是原音频的声波图像，这是你模仿的声波图像。很像，但是无法完全重合。”黄晞阿姨耐心解释，“我之前是做人工智能翻译的。在机器翻译界，人们常用‘莱文斯坦距离’——也叫‘编辑距离’，一种差异程度的量化量测——这个名词来指代机器翻译出来的译文要经过几步编辑才能达到正确的程度。莱文斯坦距离越短，说明翻译结果越符合预期。这里，你和音源的莱文斯坦距离有些过长了。”

茗音看到两个声波曲线虽然趋势相近，但确实无法重合。她不明白，为什么要用语言学名词来描述呢？这些自然界发出的声音又不是语言。也许只是因为黄晞阿姨在语言学系？她很快不再深究，而是被这两条曲线刺激到了：凭借自己引以为傲的口技能力，一定能模仿出完全一致的声音。不仅要骗过人类，还要让机器诚服。

这也许是茗音几年来最快乐的时光了。她从小喜欢口技，喜欢模仿不同大人说话，喜欢模仿小动物的叫声。但是没有人把这个当正经事。尤其是妈妈。她觉得女孩子干啥不好，非要玩这个。妈妈总是希望她走上“正常的道路”，也就是所谓“女孩子该有的样子”“不要怪里怪气”。学习成绩不好可以，只要乖乖上课、坐在课桌前就行了。这点茗音可以做到。只是在课堂上，她入脑的从来不是老师照本宣科的内容。每天晚上，茗音会关上房门、捂上被子，自己偷偷模仿今天听到的新声音。

而在黄晞阿姨家，茗音可以扯着嗓子学火山爆发的巨响，可以声嘶力竭模仿野兽的怒吼，可以一百次重复练习夏风拂过湖边柳枝的轻动，直到听者闭上眼睛就能来到昆明湖的堤岸。

黄晞阿姨说，这是语言中很重要的一部分。有人认为语言是随机的符号，但她觉得不是。“每门语言都有直接来自自然的拟声词，比如中文的‘布谷’‘知了’‘乒乓’。有些拟声词会有跨语种的相似性。比如很多语言里指代公鸡叫声的词汇都有‘k’，而称呼母亲都有‘m’——有人说这是婴儿吮吸乳汁的声音。无论如何，声音本身就是有意义的：张嘴发出饱满的元音会让人觉得‘大’，短短的促音会让人感到‘急’。

“在英语中，大部分拟声词不会出现在正式文件中，但有些语言里，拟声词也是非常正式的，而且会发散到视觉、嗅觉的领域。比如我很喜欢一个韩语词，它的本意是‘滋滋作响’，形容小而急促的水流或溅起的热油，但他们还会用它形容阳光。滋滋作响的阳光，你能想象吗？

“由于人类发声系统的限制，不同语言里的拟声词也不尽相同，就像‘汪汪’和‘woof’，但它们也都无法完美复刻自然的声响。有的语言学家还认为比较原始的文明才会大量使用拟声词。但我觉得，这是人本身的限制，你的存在证明，这些限制也是能够被打破的。也许有一天，我们能通过完美的拟声词表达出更精准的意向。这将是一种跨越文化的语言，基于人类共同的环境体验。滋滋作响的阳光，悦耳温柔的希望，烈火轰雷的爱……”

听黄晞阿姨娓娓道来，茗音也被这份理想打动了。“要是真有一种语言全都是拟声词就好了，那我肯定很愿意用这种语言解难题、写作文。”

黄晞阿姨愣了下，随即露出一个浅浅的微笑，眼里有泪光。

茗音心中又是一震。与一位博学、优雅、有耐心的长辈心灵相通，这是过去的自己想都不敢想的事情。那邪恶的念头又来了，如果她是阿姨的女儿，那自己对于语音的天赋是不是早就已经被开发出来，甚至可以穿得光鲜亮丽去国外名校留学？而不是像现在，只有一个大学肄业的学历……

茗音努力把这个念头从脑海里挤出去，她对自己感到恶心。

和妈妈的片段之五・李茗音・1岁

“m……妈 m。”

王月琴以为自己出现了幻听。这段时间她正为一个出国名额突击学习，再加上要照顾刚满一岁的瑛瑛，简直焦头烂额。她转过身，看到躺在床上的小可爱正闪着亮晶晶的眼睛冲她笑。

“妈……妈……”茗音又说。

这回王月琴听得真真切切。她的心被什么东西击中了，就像古往今来无数个第一次听见孩子呼唤自己的母亲。也许这才是真正拥有魔力的音节，婴儿在进化中习得，去俘获母亲的心爱，就像他们大大的眼睛和萌萌的样子。

眼泪流了下来，她把女儿抱在怀里，亲吻女儿柔嫩的肌肤。她立刻放弃了去国外打工两年的念头，尽管那会给她带来丰厚的薪水和职业上的发展。她怎么忍心离开这个小人儿整整两年呢？这么小，这么脆弱，这么天真……如果下次女儿叫妈妈，她无法及时回应呢？她的心会被撕裂的。

那一刻，王月琴下定决心，要用自己的一切呵护女儿长大。

六

鉴于自己从小都没交过什么好运，一旦日子舒服快乐，茗音就会惴惴不安，觉得有什么坏事就要找上来了。这次也不例外。不过黄晞阿姨对她温柔，又深谙语音的重要性，两人为了共同的目标努力，应该不会出什么事吧。

但几个星期下来，茗音还是察觉到了一些奇怪的地方。

茗音偶尔跟黄晞阿姨一起出门购物，总看到别人用异样的眼光看着自己。有一次，茗音遇到在顺水大学就读的高中同学米粒，还没来得及打招呼，就见她拉着同伴匆匆走了，似乎在躲避什么。晚上，茗音收到米粒的信息，劝她离阿姨远一点儿。据说黄晞阿姨早已被学校停职，理由是精神问题。不过当茗音追问细节时，米粒却说自己也只是听到传闻，不知道内情如何。

茗音一开始并不相信，但米粒之前在班里以学习好、心地善良著称，即使自己的成绩在班里吊车尾，米粒也从来不会跟其他小团体一起喊她“怪哨子”，甚至还给她送过几本笔记——米粒肯定是好心提醒，不会特意欺骗她。茗音心里开始打鼓：也许阿姨真的不太正常，毕竟正常人谁会欣赏自己呢？

怀疑的种子一旦种下，周身的“破绽”便越来越多。

似乎已经不在大学教课了，但黄晞阿姨白天还是会常常出门，不知去哪里。茗音还注意到，给她模仿用的录音源文件的创建日期也越来越近，不知道阿姨是在哪里找的、哪里录的。阿姨的女儿黄镜也不经常在家。回想起上次两人在书房里的对话，茗音总觉得那位姐姐欲言又止，有什么事没有告诉她。

不过，黄晞阿姨确实对她很好，手把手从初中教起，还给她选了附近最好的复读学校。随着茗音学习成绩的进步，她努力把这些抛在脑后，迫切想考个好学校，向妈妈证明自己口技的价值。

但有一件事，茗音实在无法再骗自己了。黄晞阿姨带回来的录音，确实有问题。

原本只是一些自然界的风吹草动、动物的叫声，换任何一个人听都不会觉得有异常，可茗音不是一般人。她能惟妙惟肖地模仿各种声音，敏锐的耳朵功不可没。茗音可以听出声音非常细微的波动，在不同材质和空间的回响，甚至在大部分人可辨识频率之外的声波。几周的录音听下来、模仿下来，茗音可以肯定，这些音频都是用同一个设备、在同一空间录下，由同一个音源发出，并且经过剪辑之类的处理，很不连贯。阿姨每次出门，应该就是去录新的材料，尽管每次都语焉不详。可是为什么，为什么阿姨非要出门去录？在网上明明有无数素材呀？为什么偏要自己去模仿这些录音，无限缩短莱文斯坦距离呢？

这些声音，到底来自哪里？

这天，黄晞阿姨又出门了，竟然没有随身带上笔记本电脑。茗音好奇得抓心挠肺，决心一定要搞明白这个问题。尽管她隐隐知道，揭开秘密的那一刻，此时的美好生活也许会画上句点。

但她还是行动了。她打开黄晞阿姨的电脑，输入一早偷看好的密码，找到了未经处理的原始音频。

各种自然界的声音，狮吼虎啸、小溪潺潺、母马嘶吼，还是那些。

调大音量。

茗音听到了别的东西：呼吸声，吞咽声，牙齿碰撞，器官厮磨。

是一个人。一个像茗音一样的人，发出了这所有的声音。一个女人。

她跌坐在地，又挣扎着起来把录音关掉，浑身冷汗。

这个人是谁？黄晞阿姨为什么每天要去录下她的声音让自己学？黄晞阿姨会不会也录下自己的声音，让录音里的女人模仿？

茗音的脑子乱成一团。

她是谁，我又是谁？

值得资助的天才穷学生，还是一个被囚禁的实验对象？

茗音深吸一口气，把电脑摆回了原位。

和妈妈的片段之六·李茗音·18岁

"妈……"

"快睡觉，明天就高考了，养精蓄锐，考个好成绩。"王月琴踩在凳子上，把从孔庙求来的摆件仔细挂好。

"妈……您别张罗了……"

"哎呀你别管，赶紧去睡，那省医学院的分可高……"

"妈！别说什么省医学院了，前几次模考的分数您没看见吗？能考上本科就不错了，"茗音感到一阵烦躁，"而且我说了多少次了，我根本不想学医！”

“哎呀，很多人在高考时都会超常发挥的，那个去年的小秦，前年的帅帅……而且你不懂，女孩子学医很好的，未来也好找对象……”

“妈，面对现实吧。”

她回到房间，砰的一声把门甩到身后。她不明白，为什么妈妈从来听不懂她的话，就好像两个人用的不是同一种语言，又或者，她发出的只是滋滋的噪音罢了。

七

那天黄晞阿姨回来时带来了一个大箱子。箱子很沉，黄晞阿姨找了两个男人才拖进了客厅，在满屋典雅的红木家具中，箱子显得很突兀。茗音缩在书房，努力平复自己的心情。

她不知道自己该怎么办了。直接偷偷跑掉，或者找个理由跟黄晞阿姨告别？那样她就真的失去了上个好大学的机会，甚至彻底失去了上学的机会。那么自己回家学习再高考呢？老家教育资源怎么能跟黄晞阿姨这里相比啊。黄晞阿姨资助的复读学校一个月就要一万元学费，老师都是国外顶尖的教育学硕博，是那种真正能把榆木脑袋教开窍的人。更别说黄晞阿姨这个语言学教授还会给她耐心单独辅导了。老家的高中只会高压管理、填鸭教育，是茗音不愿再回想的噩梦。

那放弃复读，重新回到脱口秀和相声表演的舞台？

可那会让妈妈失望啊。

尽管和妈妈吵过那么多次，尽管她鼓起勇气退了学，尽管她试图寻找自己的路，但在内心深处，她真的真的不想再让妈妈失望了。因为儿时沉迷口技疏于学业，妈妈多少次被叫到老师办公室挨数落。最终她离妈妈希望的样子越来越远，离妈妈的世界越来越远。两人不再理解对方，只能自说自话。这次黄晞阿姨给了她千载难逢的机会，一个复读、上大学、重新走上正常人生的机会，一个与妈妈和解的台阶……当时接到电话，妈妈什么都没说就原谅了她。

也许按照妈妈的轨迹去生活，母女俩就能重新理解彼此吧……

但如果这一切只是个疯子的骗局，那她又该如何向妈妈解释呢？

她开始找理由：也许黄晞阿姨就是有什么特殊实验需求，毕竟真正的科研工作她也不懂；也许只要熬过这几个月，顺利参加高考，报个离这里远远的大学，就能过上正常的生活……再说了，黄晞阿姨家这么有钱，黄镜的工作也体面，应该不会做出什么可怕的事情……茗音暗暗下定了决心。

接下来，她装作什么都没有发现，按部就班上学、复习高考，硬着头皮听那诡异的录音，然后试图模仿。因为恐惧无法被完全抑制，她和原录音的莱文斯坦距离逐渐增大。黄晞阿姨有时会在对比声波时皱起眉头。茗音敏锐地察觉到了，因此每晚在被窝里偷偷练习。似乎回到了在家偷练口技的日子，只是这次深夜响起的声音，源自一个不明身份的女人。

茗音没有完全坐以待毙。加紧学习文化课，她希望未来即使高质量辅导中断，也能考个差不多的学校；她留意起黄晞阿姨家附近的派出所位置，默背下报警电话；她还偷偷拷贝出原始音频仔细聆听，希望能多发现些录音主人的信息。但几个不眠夜下来，她还是只能听出对方是个女人，年龄较大，口技能力一流。其他一无所知。

提心吊胆的日子一天天过去，并没有发生什么特别的事，连黄晞阿姨带回来的那个大箱子，也一直老老实实地蹲在客厅。茗音紧绷的心弦渐渐放松下来，祈祷着这一切能撑到高考那一天。

可事总与愿违。

一天晚上 9 点，黄晞阿姨的女儿不在家，茗音独自在书房学习。这时，她听到客厅传来窸窸窣窣的声响。她趴在门缝上偷看，黄晞阿姨正在客厅拆箱子，背对着她。

箱子里是一台半人高的仪器，被厚厚的塑料泡沫包裹，穿旗袍的阿姨拆得很费力。不一会儿，仪器的全貌露了出来，像一台墨绿色的冰柜，上面有一块屏幕，侧面伸出七八个金属触手，末端连着电极片和脑电帽。

茗音的心跳到了嗓子眼儿。她想赶紧逃走，但大门也在客厅啊。茗音趴到书房的窗户上张望，17 层的高度让她腿都软了。

“茗音，你在做什么呢?”

回过头，黄晞阿姨已经进了书房。她拍拍手上的尘土，平时精致的发髻有些散乱，连一贯温婉的笑容都变得如此瘆人——活脱脱一个疯狂科学家。

茗音此刻后悔极了。

和妈妈的片段之七 · 李茗音 · 13 岁

李茗音从地上爬起来，胳膊肘和膝盖都蹭破了皮。自行车摔在不远处，车架都有些变形。

她刚跟妈妈吵了一架，气冲冲地冲出家门骑车上学，没想到摔在了半路。前后人烟稀少，附近只有几个在等公交车的路人。李茗音一瘸一拐地走过去，向他们借手机，想给家人打电话。路人看她狼狈，又担心手机被骗，纷纷摆手拒绝。李茗音又疼又急，担心错过考试，只能哭着一个人一个人求过去。

“你妈妈来了！”一个路人突然指着她家的方向。茗音不信，妈妈正在生气，怎么可能过来，就算来了，陌生人怎么知道就是她的妈妈？

可是妈妈真的来了。也骑着自行车，眼神焦急又关切：一看就是妈妈啊。

妈妈一下车，茗音就扑在她怀里大哭。

“看你气呼呼的，怕你出事，才跟着你来的……”

八

“您，您要做什么？”茗音努力压住声音里的颤抖，跟黄晞阿姨绕着圈子往书房门口挪。

“啊，给你看个好东西，”黄晞阿姨笑眯眯，看起来有点兴奋，一点儿都不像平常的她，“我们不是总苦恼声音模仿得不像，苦恼莱文斯坦距离迟迟无法继续缩短吗？我把机子从实验室‘借’出来了，它可以刺激你的大脑，让更多的神经来控制你发声器官的肌肉，这样你就可以自如地……”

茗音已经跑进了客厅，被墨绿色仪器伸出的触手绊了一下，直冲房门，拼命扭动门把手。

门被锁住了。

“茗音，你在干什么?”黄晞阿姨追了出来，头发因为惊慌失措而散乱，更吓人了。

“放我走!”茗音绝望地掰门把手、踹门，“我不要当你的实验品!”

“你在说什么?我从来没有拿你当实验品啊，我只是想帮你……”

“骗人!我早就已经发现了，那些录音是人的声音!你是不是还囚禁了其他人?你不正常，你是个疯子!”

黄晞阿姨一时没有说话。她一动不动，看起来也被吓呆了。过了半晌才出声，“你早就发现了，你为什么不问问我，为什么不早……”

“因为我想读书，我不想让我妈失望啊!”茗音的眼泪流了下来。如果她死在了这里，妈妈会非常非常伤心吧?

这时，房门咔嗒一声开了。黄晞阿姨的女儿正在门外，震惊地看着屋里的一切，钥匙还插在锁眼儿里。

茗音抓住机会，撞开门，飞也似的向楼梯间蹿了出去。仿佛无尽的楼梯，她半摔半跳，似乎一辈子都到不了头……但这只是个错觉。三楼、二楼、一楼，她终于看到了单元门，扶着墙出来，一步一挪走向早就记好地址的派出所。

“茗音!你别跑啊!”是黄镜的声音。

茗音听罢更慌了。她拖着伤腿绝望地挪动，顾不上擦脸上的汗和眼里的泪。她好后悔，为什么没有听米粒的警告，为什么发现录音不对劲还不赶紧跑路，为什么要拖到最后一刻，无法挽回的一刻……

身后传来越来越近的脚步声，是黄镜，也可能是黄晞，甚至是帮黄晞搬仪器的几个壮汉……

她再也跑不到派出所了，希望黄晞的大脑实验不要太残酷，让她再也认不出妈妈……

这时，小区的花园旁闪出一个身影。茗音一下子把它看成了妈妈——不，妈妈在老家，不可能在这里，只是她太绝望、太想妈妈了……

“瑛瑛？”

“妈！！！”茗音扑到妈妈怀里，一下子放心了，放声大哭，“你怎么来了！！！”

“哎呀，你一个人在这里，我怎么放心得下，就在附近租了个房子做工，时不时溜达过来看看你，有时跟你的黄姐姐聊两句……”

茗音抽抽搭搭地抬起头，“什么时候开始的？”

“你退学那天，”妈妈不好意思地说，“每次你说要回家，我就偷偷先回去……我知道瑛瑛不开心，怕把你越逼越远，受到欺负也没地儿哭……这次是怎么了？”

茗音哭得更凶了。

“茗音！你听我说啊……”黄镜终于赶到了，也跑得上气不接下气，“王阿姨，不好意思，有点误会……茗音，我妈是有点不正常，但她绝对没有恶意。你不是想知道那个录音来自哪里，或者说来自谁吗？”

茗音从妈妈的怀抱里挣脱出来，摸了把眼泪，点点头。

黄镜深吸一口气，好像在下定决心。“那个人，是我妈妈的妈妈。”

和妈妈的片段之八·黄镜·25岁

婚礼那天，黄镜一早起来化妆，母亲进来帮她梳头发。

“我好看吧?”黄镜打量镜子里的自己，笑了笑。

黄晞点点头，似乎在极力控制眼泪。

“妈，仪式还没开始，我这会儿还没嫁出去呢，别这样啦。而且新房就在咱家附近，我肯定会经常回来看您的。”

黄晞再也忍不住了。“镜儿，是妈妈对不起你，一定要原谅妈妈。”

“妈，您说什么呢?”黄镜把痛哭的母亲扶在床边坐下，“您是严厉了点，但这些年有您的教导，我才有今天的成就呀，您应该骄傲才是呀。”

“镜儿……”母亲拉住黄镜的手，哽咽着说，“你一定要原谅妈妈，你说，你原谅妈妈。”

黄镜感到很奇怪。母亲如此完美、优雅，从来不会做不合情理的事，说不合情理的话。也许女儿出嫁，在每个母亲心里都是一道伤疤。“好吧，我原谅您。”

母亲痛苦地摇摇头，“对不起，镜儿，对不起……”

那天的婚礼仪式，母亲缺席了。

九

那栋楼离黄晞阿姨住的小区不远，但僻静、老旧，人也不多。

茗音在这个城市也待了好几个月，从来不知道还有这个地方存在。

“在我妈妈年轻的时候，姥姥得了一种怪病，也可能是一场事故导致的，总之姥姥的大脑受到了一些损伤。你应该看过那些新闻吧，有的人经历车祸后突然开始说英语，或是说一种方言，都是语言相关脑区受损的结果。但姥姥的情况更加糟糕。”

茗音跟着黄镜进了楼，在二层的一扇防盗门前停下。黄镜没有敲门，也没有掏钥匙，两人只是站在门口静静地听。茗音屏息凝神，很快听到熟悉的声音传来。那是她在黄晞阿姨家每天努力模仿的录音。

“姥姥的语言系统完全毁了。只能发出一些动物的叫声，还有一些自然界的声音，像风声，流水声，或是火焰噼里啪啦燃烧的声音。她无法听懂别人的话，也没有人能听懂她的话——如果这些声音还能被称之为语言。”

茗音继续听。即使认定这是人声，她还是会时不时产生错觉。真的是血肉组成的嗓子吗？她相信，没有一个人能如此逼真、如此灵活地模拟如此丰富的声音。就连她幼年时遇见的口技师傅都不可能做到。

“只有妈妈相信，姥姥发出的声音是有意义的。她坚持认为这是姥姥童年时用的语言，一种没有被任何资料记载下来的孤立拟声语。但所有人都认为这是不可能的。姥姥的童年确实在一个与世隔绝的村庄中度过，可村庄已经在一场洪水中消失，姥姥作为孤儿获救，从来也没有说过什么‘拟声语言’。但妈妈一直不放弃。她本来就是学语言学的，拼命寻找拟声语言的资料，还亲自去一些山沟沟里做田野调查。一时间学术也不做了，班也不上了，人们都说她像疯了一样，只有爸爸还一直陪着她。”

茗音有点理解黄晞阿姨。生命的吼叫，都在表达自身；万物的动响，难道不是一种传递信息的方式吗？凭什么认为人类的语言才算“语言”，比宇宙中的其他声响更高贵呢？屋里传来热油滋滋作响的声音，茗音一下子想起了黄晞阿姨的话：韩语里会用“滋滋作响”形容阳光。阿姨的名字叫黄晞，也是阳光的意思。这会是一种巧合吗？

“两年后，妈妈查到了一个非常偏僻的山村，据说里面出过很多天才口技艺人。那时妈妈已经怀孕了，所以爸爸决定代替她穿越危险的山林。可他没能做到。暴雨，然后山体滑坡。找到爸爸时，他已经奄奄一息。妈妈见了爸爸最后一面，爸爸嘱咐她，为了腹中的孩子，要好好活下去，正常地活下去。后来妈妈就放弃了这件事，回学校正常上班工作，专心抚养孩子，也就是我。”

茗音获得了黄镜的许可，轻轻敲了敲门，一位老人开了门。接着，茗音看到了录音的主人。也是一位垂垂老人，穿着墨绿色暗纹旗袍，满头银发梳成一丝不苟的发髻，比黄晞阿姨还要精致优雅。茗音走近，注意到老人袖口绣着一朵奇特的花，细看又很像耳朵和嘴巴的形状。

“在我的成长过程中，从来没有见过姥姥，妈妈也像任何一个教师妈妈那样严厉而慈爱。只是那些时光里，总有人说我有个疯妈妈、疯姥姥。后来我开始工作，姥爷才把一些往事告诉我，说妈妈已经完全放下了。但她并没有。在我婚礼那个早上，妈妈突然撕破了所有的矜持和优雅，在我面前放声大哭。后来，后来她又开始专心研究拟声语言，变回了那个‘疯子’，直到被学校停课停职……然后她遇到了你。”

茗音在老人面前蹲下身，看到一双覆盖着阴霾的眼睛。这么多年，老人都无法听懂身边人的话，也无法让别人听懂她。明明可以言语，却几乎相当于聋哑，与社会隔绝。而在这个世界上，只有自己的女儿还在努力，想要替她再次打开沟通的桥梁……两人对视片刻，老人试探性地张开嘴，发出一阵低低的狗吠。如此熟悉的声音，茗音仿佛见到了一位素未谋面的老友。她也模仿狗吠回应。老人的眼睛亮了一下，但又黯淡了下去。茗音知道，自己只是模仿声音，还是无法走进老人独特的语言世界啊。

黄镜站在后面看着，泪流了下来。

“姥姥的眼睛，已经几十年没有亮过了。”

和妈妈的片段之九 · 李茗音 · 7 岁

“欢迎收看《走向科学》节目……在十几年前，山西某乡发生过一场特大洪水。我们的子弟兵深入山间村落、奋勇救灾。但在解救一个与世隔绝的村庄时，怪事发生了，让我们有请当年参与救援的同志……‘当时场面非常混乱，洪水直接把整个村子冲垮了。我们赶到的时候，很多人在小高地、屋顶和树枝上等待救援。但他们呼救的声音很奇怪，不像人声，反而像各种各样的动物叫声……现场除了水流就是动物绝望的咆哮，非常诡异……救上来的老人小孩都不会说话，只有几个成年人能交流’……专家表示，这是一种罕见的吠语症，通过交流传播，感染的人会在幼年期、老年期失去正常的语言能力，只能发出一些自然界的声音……‘据说有些幸存者被其他村子的人赶到树林里住，被解救的时候就跟野人一模一样……’”

王月琴听呆了，不知不觉停下了手里的毛线活。她唯一的宝贝女儿正在房间里用布谷鸟的声音唱歌。自从被民俗展的老人“点拨”后，女儿的模仿能力越来越强，甚至能跟小区里的猫说上个来回，邻居都被吓到过。

“瑛瑛，出来一下！”

“怎么啦妈妈？”女儿蹦跳着来到她面前，笑着问。

“瑛瑛，我们以后不学鸟叫了，好不好？还有猫叫、狮子叫。我们就说人话，说汉语，说英语，好不好？”

女儿疑惑着看着月琴，点点头。她从来不会忤逆妈妈。

“去玩吧。”

女儿走后，月琴暂时松了口气。她越想越后怕，那个大耳大眼的老人，好像从始至终都没说过一句人话。

十

“吠语症？”黄镜皱起眉头，“从来没有听说过。”

王月琴郑重地点头，“我当时印象太深了……电视肯定不会骗人的。”

“那你怎么不早点告诉我？”茗音问妈妈。

“你那时候还小，听不懂道理的，”王月琴拉着茗音的手就要走，“咱回家吧，啊。小黄，你也跟你妈说说，早点带阿姨去看病。”

“王阿姨，我研究了这么多年神经语言学，如果有这种症状，肯定会见过的，”黄镜叹了口气，“当年我妈一心扑在姥姥的病上，我换了研究方向才能跟她多亲近下，真的是什么资料都找过了。有些博眼球的节目不能作数的，而且我姥爷跟姥姥生活了这么久，也没被传染到啊？”

“可是瑛瑛本来挺正常的，就被那个老头儿教了两句，就变得可会模仿了，这个怎么解释？”王月琴有了自己的理论就会很坚定。

“老头儿？”黄镜没听懂。

“瑛瑛，你自己说。”

茗音点点头，把小时候在家乡民俗展遇到口技艺人的情况描述了一番，“反正就是那次，我开始爱上口技了。”

“你那叫上瘾，”王月琴在旁边补充道，“天天在家里玩动物园，不知道被邻居投诉过多少次……我当年最后悔的事就是没看住你，让你进了那个老头儿的帐篷……”

但是茗音没有后悔。她无法想象没有练成口技的日子。脱口而出的自然音阶，那种舒畅、欢欣、不受束缚的自我表达，不是拗口的人类语言能比拟的……

“如果有一整个村子都这样，也许这确实是一种语言。但应该是一种低等的拟声语言，因为这种语言没法承载非常精细的信息，反过来也不会占用大脑太多资源，不需要很高的学习能力和认知资源，所以大脑没有发育完全的小孩和大脑在退化的老人更倾向于使用，”黄镜分析道，“至于茗音妹妹小时候一下子就学会了，应该是因为那时她还处在语言完备期，发声系统和语言中枢都没有定型，比较容易习得这种低级语言……”

低级语言？不，茗音不这么认为。她拼命回想7岁时那场神奇的邂逅，想让成年的灵魂回到那个纯洁、天真、只要拉着妈妈的手便无比开心的躯壳。

一阵悠远的鸟鸣，然后是溪水哗啦哗啦流淌的声音，接着仿佛突然爆发一般，千万头角马从远方咆哮着奔腾而来……

不，那不仅仅是声音。在妈妈怀抱里半梦半醒的小茗音，是真的在脑海里看到那些画面：翠羽的鸟儿在枝头蹦跳，澄明的溪水在山间流淌，愤怒的角马为生命奔腾，奋勇踢踏饥肠辘辘的鳄鱼……

可是，那怎么可能呢？只是声音而已。音色该如何展现鸟儿艳丽的颜色，音调如何描绘角马群动作的协调，响度又如何传递溪水的温度？

但她真的感受到了那一切，只靠那一串振动耳膜的音节。

“也许，这不是低级语言，”茗音鼓起勇气说，“这是一种更高级的语言，这是……”

黄镜的手机铃声恰在此刻响起，打断了她的话。

“是邻居阿姨，我妈她……出事了。”

和妈妈的片段之十·黄镜·26岁

“妈，我做错什么了，为什么不打声招呼就走，这可是您女儿的婚礼啊……”

“对不起镜儿，你长大了，我答应你爸爸的事已经做到了，我……我还有自己的事要做……”

母亲的心里从此只有母亲，也许从来也只有母亲，但她仿佛失去了母亲。黄镜哭得不能自已。

十一

跟着黄镜回到黄晞阿姨家，茗音被吓坏了：原本贵气典雅的客厅像被火烧过一般，全是焦痕；那台墨绿色的仪器还在中间，像被什么东西炸毁了一半。也许就是那台机器自己爆炸了。

呆愣中，邻居阿姨告诉她们，阿姨已经被转移到医院了。几人又连忙往医院赶。原来黄晞阿姨把茗音吓走后，表面恢复了正常，实际上却陷入了更深的绝望。

也许是意识到自己太过分，竟然想着拿涉世未深的孩子的大脑当实验品；也许是见识到茗音眼中的恐慌，深知自己已远非常人。在独自一人咀嚼几十年沉淀的痛苦后，黄晞阿姨试图用那台可以刺激脑神经的机器改变自己的大脑结构，以便获得跟母亲一样的脑损伤。黄晞阿姨似乎认为，这样她就能跟母亲说一样的语言了。但是机器爆炸，烧毁了半个客厅，黄晞阿姨也进了医院。

茗音和妈妈跟着黄镜来到医院，只看见黄晞阿姨半张脸包着纱布，眼神空洞。医生说，阿姨的大脑损伤严重，再也无法说出一个字了。

"妈，您这是干什么呀……您心里只有姥姥……可您还记得您有女儿吗？您真的一点儿都不想要女儿了吗……"黄镜哭着说，好像在责怪妈妈。

这时，黄晞阿姨的父母也赶来了。两人互相搀扶，看到女儿的惨状马上崩溃了。茗音和黄镜赶忙上前扶住。

黄晞阿姨的妈妈发出母牛舐犊一般的哀鸣，夹杂着热油滋滋的响声。黄晞阿姨听闻也半起身，张开口，可她再也无法说出半个音节来回应母亲。

这个场景太令人悲痛了。茗音和妈妈退出病房，把空间留给抱在一起的一家人。老人的悲鸣如此有穿透力、感染力，连见惯生死的医生护士都在抹眼泪。一时间，半个医院都沉浸在这如深海狂啸般的悲痛中。

和妈妈的片段之十一·李茗音·0岁

茗音一直在哭。她只会哭。

是饿了，还是困了，是衣服不合适，还是因为生病难受？

一天24个小时，一个小时3次。王月琴不断猜测，不断满足女儿的需求。

十二

来到医院里供病人散步的小花园，茗音哭了好久好久。她不停地哭啊哭啊，觉得上天太不公平了。

难道这两对母女，真的无法再对彼此说一句话吗？

难道语言真的是随机的符号，而不是来自自然的馈赠吗？

就没有一种方式，能让所有的人相互理解吗？

如果有滋滋作响的阳光，为什么不能有轰鸣炸裂的爱呢？

也许，人们注定是不能相互理解的。也许，两代人说得永远都不是同一种语言。也许，如果黄晞和黄镜不去追求那份遥不可及的代际共鸣，这些悲剧就都不会发生。至少黄晞阿姨可以正常生活，至少黄镜姐姐能得到正常的母爱……

“妈，我不明白，”茗音哭着说，“如果可以放弃相互理解，母亲和女儿都会少一分执念、少一份束缚，不是吗？为什么性格不合的朋友可以疏远，过不下去的爱人可以分手，妈妈和孩子却永远要捆绑在一起，即使她们成长在完全不同的年代，看待事物的方式千差万别？”

“瑛瑛，难道你想跟妈妈‘分手’吗？”王月琴又悲伤又心痛，“你以后都不想跟妈妈说话了吗？那些你经历的事，那些属于年轻人的新鲜事，也不想解释给妈妈听吗？你要让妈妈永远留在过去的年代什么都不懂，你要放弃妈妈吗？”

茗音拼命摇头。“我不是，我不知道……我只是……感觉您总是在反对我，无论我说什么都要教育我……就算我离开家，就算我见不到您，我每做一件事，都会下意识地担心您是不是会生气。您知道吗？每次我上台演出，都能看到您坐在台下，随时准备上来批评我，真的太痛苦了。我不敢想象，如果您一直在心里绑着我，未来我会变成什么样子……就好像有一个枷锁把我牢牢绑在了您的评价体系里，上一代的评价体系里。”一个永远会把肋骨读成 [lè] 骨的评价体系，一个即使呼唤女儿的名字也分不清前后鼻音的“含糊”世界。这么多年来，不知道为什么，她对这些小事如此难以忘怀……茗音捂住脸，不敢看妈妈的表情。

“瑛瑛，我这是……我这就是妈妈呀。批评、争吵我也很累，如果一直顺着你、‘理解’你，多简单哪，就像你爸那样。或者有黄教授家的条件能给你兜底，我也认了。当年你就是个小丁点儿的人儿，我两只手就能抱过来，天天只会笑……我太怕你长歪了，因为那全都是妈妈的责任啊。如果你有闺女也会明白……我想黄教授也是这样，她等闺女嫁人以后才又去想办法治她母亲的病，肯定也是希望能先尽到当妈的责任……”

“可是我已经长大了呀。”茗音说，“如果您不再拿我当女儿，我也不把您当妈，您就像黄晞阿姨一样，去追求自己的理想，不用再为我的一言一行负责，难道不好吗？我们就像朋友一样，重新认识一下彼此。”她已经逐渐意识到，在母女的框架里，也许两人永远无法相互理解。

王月琴听不懂女儿在说什么。母女就是母女，血浓于水怎可说变就变？这不是第一次了。王月琴总是想不明白，女儿明明是自己一手带大，甚至一开始说话都是自己教的，怎么就会有那么多奇奇怪怪的念头？她还是担心也许民俗展的老头儿真的给女儿的脑子里传染了什么病。

“瑛瑛，这些我们以后再说，当务之急还是先离这家人远一点儿，然后参加高考，考个好大学，找个稳定的工作，嫁个好人家……”

茗音突然感到无比绝望。她终于知道为什么黄晞阿姨愿意舍弃自己的整个人生换取听懂母亲语言的能力了。母女就是这样，成长环境如此不同，都被各自的家庭身份所束缚，不可避免地说着完全不同的语言，同时又被内心深处无法摆脱的羁绊牵扯。

顺着母亲的路走，或者切断与母亲的心灵羁绊，是很多儿女选择的道路。可她依然渴望沟通、渴望理解、渴望共鸣……是否要求了太多？黄晞阿姨和黄镜，又是否因为这份“贪心”而“活该”承受痛苦？

有那么一瞬间，黄晞母亲的悲鸣与她的思维产生了奇妙的共振。茗音突然真切地感受到了一种痛苦：如此具象，她疼得缩了起来；又如此陌生，不同于茗音从小到大经历过的任何一种疼痛——因为女儿的悲剧而产生。就好像她不是听到声音的局外人，而是发出哀号者本身……这感觉稍纵即逝。

茗音再一次坚定了自己的信念：这种拟声语言绝不是什么呓语症，更不是低级语言，而是能够传递感情，甚至传递画面的高级语言，是一个大脑向另一个大脑高效传递信息的方式。

她必须学会这种语言，只要莱文斯坦距离足够短。

妈妈一定会反对，但……未来一定会理解。

和妈妈的片段之十二 · 黄晞 · 26 岁

“妈，我发 *Nature* 了。对，就是顶级的学术期刊。是很厉害的。我发明了一种可以改变脑神经联结方式的机器。对，就是改造大脑的。院长还给我发了奖金。”黄晞在电话另一头鼓足勇气，小心翼翼地说，“妈，您能夸奖一下我吗？”

“骄傲使人落后，谦虚使人……”

“妈！我知道，您从小到大一直说了多少回，耳朵都要出茧子了，”仗着刚被院长当众嘉奖，黄晞忍不住撒了个娇，“我就想听您夸我一句嘛！我考过多少次全班第一，您从来没有夸过我。这次真的很厉害！”

“好吧，”严厉的面具戴惯了，母亲一时也不知道该如何开口，“等你回家再说。”

“好！我马上回来，”黄晞开心极了，“说好了，一定要夸我哦。”

那天还没到家，手机里就传来了母亲车祸、大脑受伤的消息。父亲告诉她，母亲急急忙忙出门，是想给她买最爱吃的草莓。

十三

第一次，仪器藏在箱子里，带来隐隐的威胁。

第二次，黄晞阿姨迷了心智，想要将这个墨绿色的仪器连在寄住的女孩头上。

第三次，仪器差点要了黄晞阿姨的命。

茗音第四次面对神经模式转换仪时，黄镜已经让人把它修好了。典雅的墨绿色外壳因为上次爆炸而变得斑驳不堪，看起来像废弃已久的街头游戏机。“触手”也断了一个，但是还够用。

“这还是妈妈当年发明的，登上过《自然》杂志，据说有很多人给她写信，说她将改变这个世界，”黄镜轻轻抚摸着仪器冰冷的外壳，“可自从姥姥病了，妈妈就一门心思想要用它改变跟语言相关的神经模式。虽然也是一个很有前途的方向，但姥姥的病太特殊，妈妈就不断往偏门的地方钻，事业也一直没有起色。”

茗音点点头，她也听老同学米粒说起过，在“发疯”之前，阿姨的学术能力很强，原本是院里的重点培养对象。

“所以，你确定要用吗？”黄镜再一次问她这个小妹妹，“按照我妈之前为你设定的计划，仪器会改变你大脑的神经元聚合模式，调配更多神经控制发声系统，同时增强语言中枢的功能。这样，理论上你可以发出世界上任何一种声音……但我妈的下场你也看到了，弄不好就是……不过她没有你这么好的基础条件，硬上也是……也是没办法的事。”

“我已经决定了，”茗音简单地回应，“一切后果都由我自己承担。”她终于明白，自从在民俗展遇到那位老爷爷开始，一切都已经注定：当她已经触摸到那种足以传递感情、传递温度、传递色彩的高级语言，生活中用的这些残破、单薄、损耗巨大的交流方式便再也无法满足她。从小学到大学，那些数字、物理符号、成语、历史时间、地理概念，在她眼里一直都是各种各样的声音，她从来没办法像其他孩子那样快速背诵、理解，这更加剧了她与身边人的隔阂。

这种隔阂是人类常用语言无法消弭的，因为它们只能从一个侧面描述现实，远远无法还原原貌。就像黄晞阿姨说过，对于狗吠的拟声词，中文里是“汪汪”，英文里是“woof”，这是由于常用音节的差异；面对同样落叶乔木杏树的果实，英语里的“Apricot”比日语里的“杏子色”的浓度和彩度更高，据说是因为日本习惯吃生的水果，而西方常做蜜饯和果酱。就算用的是同一种语言，每个人也有属于自己耳朵的狗吠，属于自己眼睛的杏子。抽象的语言虽然高效，可在听者心里唤起的，却还是属于他们自己的不同体验罢了。

但这种神奇拟声语言却不只如此。对音波的精妙控制，能更加具体地激发大脑中对于特定情感和物理刺激的反应，原汁原味传递出讲者的心意，甚至是画面、温度和颜色。一般的语言学习者可能只会说，或者是只能听懂一门语言，但拟声语言需要听说能力具备，才可以说大脑做好了准备，才能够真正领会其中的奥妙。

当然，那时茗音还不知道这一点。

茗音只是模糊地认识到，由于莱文斯坦距离始终存在，她无法真正理解、使用那种高级语言。这才是痛苦的根源啊！一旦知道有了更甜美的糕点，谁能一辈子忍受吃糠咽菜；如果能有办法让母亲全然地理解自己，又怎么能对两代人或渐行渐远、或一刀两断的结局甘之如饴？

戴上脑电帽。连接仪器。打开开关。

继黄晞和黄镜之后，她也成了一个飞蛾般扑向母亲的女儿。

和妈妈的片段之十三・李茗音・19 岁

“妈，实验过后，我可能也说不出话来了。”

“瑛瑛，你在哪儿，可别做傻事啊！”

“妈妈，我……我爱你……我从来没说过吧？我担心以后就说不了了。”

“傻孩子……你小时候对妈妈说过 17 次你爱妈妈，妈妈都记得呢……”

十四

实验成功了。也许说成功了一半更合适。

仪器还没停止，茗音就跌倒在了地上，无法靠自己的力气站起来。黄镜分析，是一些躯体运动中枢的神经被挪用了。

但还是成功了。

她的嗓子、舌头、嘴唇，原本靠本能移动的肌肉，此时像灵活的五指一般等待她的指令，随时进行精准移动：控制气流从胸腔到口腔，以一种特定的形状喷出，制造她在心中描绘的音节。

闭上眼，录音里听似来自自然的声音化为脑海中一片片带着陌生情感的景色。

张开嘴，莱文斯坦距离已经归零。

茗音在黄镜姥姥的声音里"听"到了她家乡的村落。山脉的起伏，日落的景色，新叶的形状，茗音画在纸上，黄镜很快找到朋友分析出了地点。

坐着轮椅，茗音和黄镜一起找到了那个村子。村子已经通了柏油马路。黄镜去山上给从未见过的父亲献上了一束花——当年黄晞阿姨差点也找到了这里，只是因为丈夫的去世，让她不愿再踏足。阴差阳错，这里竟然是那场洪水过后安置大部分村民的地方。

她们走访了很多人，尤其是老人。有人竟然认识点拨过茗音的口技艺人，还顺着找到了他的后人。她们终于挖到了珍贵的历史。

口技艺人和黄镜的姥姥确实都来自同一个被洪水冲垮的神秘村庄。在那个村庄，孩子生下来是不教读书写字的。养育孩子的人也闭口不言，而是带孩子去感受自然和生灵。渐渐地，孩子就会用一些拟声词表达自己。令人惊奇的是，每个孩子表达基础感受的拟声词都很相近，这也是村庄拟声语言的基础。再加上封闭村庄特有的遗传特性，村民对自身发声系统的掌控力极强，音域广，声音也精细，几乎可以模仿出任何一种耳朵能够辨识的声音。他们的拟声语言也因此天马行空，每句话都像歌一样丰富婉转。

当然，拟声语言也有一些弊端，就是无法精准地表达一些抽象概念，比如数学和物理中的符号，因此村落也一直保持原始封闭的状态，直到后来村民流落到其他地方，才开始正常让孩子学习读书写字。不过对于一些抽象概念，比如死亡、生命、爱，拟声语言有更强烈的表达能力，可以洞穿文化的藩篱，让每个听到的人为之动容。

茗音简直被迷住了。她相信，这会是一种人类普遍语言的基础，让世界失去一些束缚，一些隔阂，获得更加深刻的理解。

能落在纸面上的字句终究是片面的，但每个人发出的声音，却可以有一万种色彩。而且不只是人类的心情，万事万物皆能化为一道振动，就像韩语里滋滋作响的阳光。

这便是来自心灵的言语。

和妈妈的片段之十四・李茗音・19岁

茗音张开嘴，发出一声悠远的鸟鸣。

黄镜的姥姥听懂了。她哭着跪下，仿佛一个语言不通的异星旅人，在几十年后终于听见了乡音。

黄晞阿姨听懂了。她还是无法发出声音，但母亲终于了却心愿，自己也有了理解母亲话语的途径，这些年的“疯”，也都值得了。

黄镜和姥爷也听懂了。表面上是莱文斯坦距离几乎为零的逼真鸟鸣，但那确是直击灵魂深处的声音。也许这就是自然界最底层的逻辑，没有被盲目追求效率的人类简化成几个固定音节前的原貌。

王月琴也听懂了。她听得最真切，理解得也最深刻。因为这句话就是说给她听的，包含了母女俩一路走来的分分秒秒。束缚彼此身份的那条纽带已经断了，但女儿下定决心的那一刻，解放的，其实是两个人。她可以卸下母亲的枷锁，重新做回自己了。除此之外，一切都没有改变。

“妈妈，我爱你。”

第 19 次。

也许，换一颗星球生活吧

语言学上最难以回答的问题之一：演变是如何开始的？为何它发生在一种语言的特定时期，但不会发生在另一种语言或另外的时间中？

第一章 语言距离 =3 李苏枋

人类思维乃至行为所依据的“日常概念系统”本质上是隐喻性的，而语言本身就是一种表达隐喻的方式。

——雷可夫 · 詹森

今天是姐姐的葬礼。

苏枋赶到时，姐姐正坐在灵堂中央的矮台上。她穿着天顶蓝色的鱼尾裙，双腿快乐地摇晃，笑得像个孩子。苏枋已经很久没有见过姐姐了。她是什么时候剃掉的鬓角头发，又是什么时候喜欢上的杏色首饰，把自己打扮成一条闪闪发光的美人鱼？

葬礼办得热火朝天，时不时爆发出哄堂大笑。看来是到了“真心话”环节。每一个决心跳进“兔子洞”的人，会把自己内心一直隐忍的吐个干净，时常爆出猛料来。一开始，逝者的领导们往往对这种场合避之不及，不少也确实被逝者指着鼻子骂过。后来他们也就习惯了，将这样的场合看作是供员工发泄的有限场所，另一方面，又能在留下的员工面前体现自己的宽广胸怀，实在一石二鸟。

苏枋努力不去管自己手机里星联所领导催命一般的加急消息，耐着性子等葬礼结束。后来人群终于散尽，她小跑着上前。姐姐的脸因为兴奋而泛起红晕。看清苏枋的表情，姐姐的笑容消失了。

“苏枋还是来了？”姐姐随手揪着灵堂边太阳花的花瓣，垂下目光。

“姐姐，你就准备这样一走了之，连个‘再见’都不想跟我说？”

“第一，天芥说过八百六十五次，别叫姐姐，叫天芥。第二，天芥不是用脚‘走’，是搭乘飞船离开地球。第三，天芥和苏枋不说‘再见’，是永远不会再见面。”

“是，天芥。”姐姐的语言习惯还是那么怪，苏枋努力压住自己的火气，“我知道，星门民间移民法案快出来了，你这时候金蝉脱壳，可真会挑日子。”

“金蝉脱壳？”

“就是……就是穿过星门逃到别的星球，逃脱法律的制裁！”

“制裁？跟裁衣服有关吗？”

“你别装傻了！”苏枋气坏了，“你早就懂得什么是隐喻了，不然这么多年来根本不可能正常工作，在中介公司混得这么开！”

“天芥还是不懂，天芥只是在忍耐，忍耐一个混乱的世界。一个‘山’有‘脚’的世界，”姐姐攥紧双拳又松开，太阳花落在灵堂的地板上，“谢谢苏枋告诉天芥消息。再晚三天，天芥会被星联所阻碍，无法离开。”

“我那是在警告你，我以为你会收手的，”苏枋没想到姐姐把她的警告当成了“通风报信”，“如果星联所知道我提前把这事泄漏——在不该告诉你的时候告诉你，我会被告上星联法庭！”

“只有天芥知道这件事。苏枋要阻止天芥离开吗？”

“我拦得住吗？我只想告诉你，你们这种不负责任的中介行为，让各个星际殖民地和地球的语言距离不断扩大，已经从 0.05 涨到 3 了！”气急败坏的领导出现在苏枋脑海里，苏枋原封不动搬了那套说辞，也顾不得姐姐能否听懂。

“天芥不想当什么罪人，”姐姐跳下矮台，望着澄蓝的天空，风吹起她的短发，脸上的潮红已经全部褪去了。姐姐一直很美，会是很受人欢迎的类型，如果不是……“天芥只希望，已经不被理解的人，能去一个可以被理解的地方。”

“很显然，我理解不了这种行为，不配去那种地方，”苏枋叹了口气，“那么，再见吧，姐姐……我是说，再也不见，李天芥。”

“再也不见，李苏枋。”

一周以后就是春节了。回星联所时已经很晚，天边有烟花绽放。苏枋抬起头看，想象着姐姐搭乘中介飞船驶入近地轨道、跳进几万“兔子洞”里的一个。再也不见，多么残忍的说辞啊。

烟花真美。只是明天过后，苏枋在地球上便不再有牵挂了。

第二章 语言距离 =20 李天芥

哀公问于孔子曰:“吾闻夔一足,信乎?”曰:“夔,人也何故一足?彼其无他异,而独通于声。”尧曰:“‘夔一而足矣。’使为乐正。”故君子曰:“夔有一足。非一足也。”

——战国·吕不韦《吕氏春秋·察传》

苏枋:

苏枋好。

天芥在这里很好。只是可惜,通向其他星球的通道可以运送很多人和物资,其他星球通向地球的通道只能返回非常少的信息。这是通道的非互易性,指信息或物质传输在相反两个方向上呈现出差异的性质。天芥想了很久才想明白,为何大部分人管通道叫星门的时候,苏枋更愿意称之为“兔子洞”。

总之,每个人可以发往地球信息的流量很少,天芥等待了 25 个显星日才能发出这份信息,等苏枋完整收到还要 25 个显星日。

天芥为最后一次对话感到遗憾。苏枋和天芥从受精卵时期一起生活到高考前夜,天芥以为苏枋理解天芥。由此推导,天芥也不了解苏枋。

天芥从 1 岁开始学习中文,从小学三年级开始学习英文,学得都很慢。天芥想不明白为什么。直到有一天,老师告诉天芥和其他同学,春季集体游玩会从一座山的山“脚”下开始。天芥很兴奋。天芥很想知道山的脚是什么样的，是不是非常大，有没有五根脚趾。在山的脚下集合，难道不会被踩死吗？在春季集体游玩当天，天芥没有看见山的脚。只是一座平常的山而已。同班的同学嘲笑天芥，老师教育天芥：这只是一个隐喻，将山的底部比喻成人的底部，也就是脚。

但天芥还是无法理解。脚就是脚，跟山有什么关系？当除了天芥的人说起“山脚”，天芥还是只能想象一个巨大的脚掌，上面铺满石头、长满青苔。

后来天芥注意到，语言里到处都是这种不合理的地方。“首”明明是“头”的意思，被用来表示顶部或开端，“心”则表示中央。钢针、土豆有“眼”，杯子、茶壶有“嘴”。物体在重压下“呻吟”，时间像人一样被“杀”。Sky 可以是复数。Inflation 可以被驯服。

只要是这种不合理的地方，天芥就无法理解。天芥的语文、英语成绩很差。后来因为看不懂题目，历史、地理等成绩也很差。物理和数学里的隐喻较少，但也存在：为什么有粒子“动物园”，什么叫“矛盾”不等式？

靠一个含义一个含义地背诵，天芥艰难度过了每一场考试。但是现实更加混乱和费解。同样一件事，有几百种方式说出；同样一句话，有数不清的方式解读。语言本身含混多义，难以高效传递精确信息；说话的人也无一坦诚，给所有真实叠加万千隐喻。

所有的语言都是“半说”，每一场对话皆为谜题。与考试不同，没有人会说出口，天芥的理解是正确还是错误，他们只是笑着，话越来越少，然后慢慢离去。

天芥没有一天不想离开这里。离开所有的地球语言社群，去一个没有隐喻的世界。

中介帮助天芥找到了这样的星球，更确切地说，中介帮助天芥找到了三百一十六个跟天芥一样的人，在一个远离地球的地方，组成了新的语言社群。这里，山没有脚，桃没有心，一句话只有一个含义。

天芥没有钱付中介费和移民费，于是在中介公司工作了一年，帮助了各种各样的人，帮他们去往另一颗星球，适合他们的星球。

苏枋，多少年了，这是天芥第一次把这件事说出来。地球语言受限，很多辛苦说不出来，但天芥相信，苏枋一直能感受到。因此，天芥请求苏枋，不要为难中介。中介为天芥带来希望，这也是很多人的希望。

谢谢。

李天芥。

第三章 语言距离 =53 李苏枋

表达心灵状态、精神活动的词语，都是由表达具体物象的词语转化而来的。

——维柯

姐姐：

谢谢你如此坦诚地吐露心声，但恕我直言，你那“无喻之地”的梦想，不过是天方夜谭。

维柯说过，在所有语言里，大部分涉及无生命事物的表达方式都是用人体及其各部分，以及用人的感觉和情欲的隐喻来形成的。隐喻就是语言的本质，不然人们根本无法理解抽象的事物，更无法理解隔着头盖骨的彼此。

对了，就连你不断提到的“理解”，也是一种隐喻，本质上和“山脚”没什么区别：中文里的“理”指依纹理治玉、“解”指分解牛体，英语中的Understand、德语中的Verstehen则都跟“站得近”有关。总而言之，你想抛弃所有隐喻，抛弃所有的神秘、精妙和悠长的余味。甚至，你也将抛弃语言本身。

姐姐，这些还是小事，你总有一天会明白。但你知道吗，你从事的星际移民黑中介工作，会对整个文明产生多么恶劣的影响？

也许你还有印象，近地轨道上几万个星门刚开启那会儿，星联所曾利用脑神经元聚合探测技术，筛选了大脑最稳定的一批人去外星探路，结果由于他们的脑神经模式太过相像，产生了严重的思维近亲繁殖现象，迅速产生出专属于那一群体的新语言。再加上星门的非互易性特点，返回地球的通信不畅，开拓者们像跳进兔子洞一样，只能传出几声足够强烈的呐喊。很快，开拓团与地球人类的语言距离快速拉大，到了无法相互理解的程度。内部称之为“人类的第一次分化危机”。

后来，星联所紧急叫停了这种筛选，转而为开拓团匹配更科学的大脑模式，保证每个星球都能有多元思维，减缓语言距离的扩大。

我也是在这个时候加入星联所的。我会分析每个星球传回来的有限数据，判断语言距离的大小，并监控语言的演变；我会根据星球的特点准备地球语言材料，通过星门送到开拓团手上供他们学习，避免在全然陌生的环境下忘记遥远的母语；对于需要改造自身来适应海洋星球、气态星球的团队，我会重点关注，给出更多针对性材料，帮他们复习人体结构。语言无法靠遗传传播，每一个婴儿的认知都是一张白纸。如果不加以干预，下一代殖民者会直接无法理解地球跟“行走”有关的所有词汇。

这一切原本都在掌控之中。随着更多遥远星球的开发，平均语言距离稍有加大，但彼此的理解还算顺畅，几乎没有出现当时突然失联的情况。直到姐姐的葬礼前，语言距离指标突然突破了红线。星联所紧急排查，原来是星门开发开放到民间后，不合规的中介机构如雨后春笋般冒出，从不进行思维多样化配比或是任何检测：相似的人们被一股脑儿塞到同一颗星球。

姐姐，这样下去，思维近亲繁殖的悲剧必将重演，第二次人类分化危机近在眼前，本可在宇宙中灿烂绽放的文明将如黄豆落地般分崩离析！

在更远的未来，语言不通的星球间，是否会爆发战争，又是否还会视对方为人呢？

姐姐，你长篇累牍解释自己的过去，难道我不清楚吗？我永远不会忘记，小时候我那么黏你、喜欢你，把你当成我在世界上最亲的人，每一声“姐姐”都饱含真心与爱意。有一天，你却突然当众拒绝我喊你“姐姐”，只是因为这个词指代不明，无法和隔壁男孩生赭的姐姐区分。那天，我回去偷偷哭了好久。

你以为我是为了谁学的语言学？把词语的每个含义当作新的词语去学习，不也是我教给你的吗？

我也早就告诉过你，无法理解隐喻，是你的脑子出问题了。你觉得自己特别，实际上每个人在幼年时期都会有这样的经历。对于儿童来说，支持认知概念框架所必需的完备脑神经连接尚未出现，神经元聚合小而散，难以通过一种事物来理解另一种事物，依照其感觉的表面价值来理解这个世界。对于“路遥知马力”这样的谚语，幼童和你一样，搞不懂和“日久见人心”的隐喻关系。

但这只是小事，小病而已。只是微小的偏离，姐姐你现在不是也做得很好吗？相反，你放弃从小至今的努力，才会造成难以挽回的后果啊。

姐姐，你还记得隔壁的生赭，一开始总是在早上的课堂上睡觉吗？后来我才知道，他患有睡眠时相延迟综合征，身体的昼夜交替的节律要比普通人晚那么几小时。为了跟上一般的社会节奏来学习、工作，他时常需要在白天顶着昏昏沉沉的大脑，用吃药、喝浓咖啡、掐自己手心的方式保持清醒，或是在夜晚清醒地躺在床上，再用吃其他药的方式试图睡着。后来，我听说他被时间治疗学治愈了：只需要将就寝时间每天推迟几小时，重新跟外界同步就可以了。这是多么完美的结局，他可以正常上学、生活、工作。他的医生说，有的病人不愿意坚持，不愿意付出小小的忍耐，导致时间节律完全混乱，还有可能引发发作性睡病，在工作中毫无征兆地睡着……

姐姐，你一定是被中介骗惨了。只需要一点儿小小的忍耐而已，你明明已经依靠学习适应了地球语言社群，已经跟正常人没什么区别了，为什么还要跳进无法回头的“兔子洞”，跑到没开荒、没注册的“黑星球”搞什么乌托邦？你们只是一群同病相怜的人聚在一起，然后假装疾病并不存在。唯一能收获的，只有更加混乱的语言系统！

不过还是谢谢姐姐的线索，我已经掌握了你上线中介的资料，不日将上报星联所。星联所会根据你们的大脑特点，分配合适的多元移民入驻，将那里变成正常的人类社群，以便缩短与地球的平均语言距离。

（对不起，还是任性地在信里称呼你姐姐。你明明理解的。）

祝好，

妹妹。

第四章 语言距离 =70 李天芥

语言是自然有机体，其产生不以人们的意志为转移；语言根据确定的规律成长起来，不断发展，逐渐衰老，最终走向死亡。我们通常称之为“生命”的一系列现象，也见于语言之中。

——施莱歇尔

苏枋：

苏枋好。

天芥使用 30 个显星日才勉强读懂苏枋的信，希望天芥可以正确解读 80% 以上的信息。

天芥说过八百六十六次，不要称天芥为“姐姐”。

姐姐，本来指比自己年龄大的同辈女性亲人，后来泛指年龄比自己稍大的任何女性。再后来，比自己小的女子，也会被称为姐姐。

“小姐姐”，又比自己小，又是姐姐，这不是很奇怪吗？

不奇怪。天芥知道，“姐姐”是一种隐喻，意味着责任、付出，意味着把每一块糖都留给“妹妹”“弟弟”。在一些文化里，“姐姐”在寻找配偶时会受到很大的偏见，因为人们认为姐姐一定会把小家庭的资源带给原生家庭的“弟弟”。

天芥只比苏枋早出生几分钟而已。天芥可以爱苏枋，但不是作为“姐姐”而自动、理所当然、毫不费力地爱苏枋。

地球上，有太多这样的词语，隐藏真正的含义，附加偏见，然后欺骗相信这个词的人。姐姐，母亲，“白衣天使”，“教书育人的园丁”。天芥最初不能理解，后来通过学习理解，但始终不能理解。

苏枋在信里说天芥是“病”了，而“病人”，也是这种隐喻。

“病人”不是一个准确的表达，只是有一些人把自己定义为“正常人”，然后把跟自己不一样的人定义为“病人”。如此，那些人就是好的，“健康的”；与之不同的人，统统称之为“病人”，需要“矫正”，需要“康复”，需要“遮掩”，需要“忍耐”。

可是，“正常”的真实定义又是什么呢？不过是“大多数”而已。这当然是荒谬的。生命进化史上，一些偶发的突变反而会逃过致命灾难，幸存并进化成优势物种。在整个宇宙中，人类将能够适应地球环境，或者说人类社会环境的生物、心理特征定义为正常，实在可笑。

从事移民中介的这一年里，天芥最大的收获，就是认识到了这一点。

天芥不知道生赭的事情，但天芥帮助过一个同样被认为自然节律异常的顾客——骨螺。

与生赭不同，骨螺的睡眠节律是“睡 3 个小时，醒 6 个小时，睡 7 个小时，醒 3 个小时”，19 个小时为周期。骨螺非常痛苦，骨螺难以完成身边人都认为很容易完成的任务。一般的睡眠时相延迟综合征患者，比如生赭，只是比一般人早睡或晚睡几小时，如果时间治疗学也无法治愈，可以通过移居到其他时区生活的方式，获得相对正常的生活。

骨螺不可以。地球上没有一个地方，昼夜节律是“3 小时夜晚，6 小时白天，7 小时夜晚，3 小时白天”。

但宇宙中存在。广袤的宇宙，无限的星球中，就存在一个稳定三星系统，在其引力作用下环绕的行星，正完美符合骨螺的睡眠需求。在那里，骨螺不需要在困倦的时候勉强，也不会浪费清醒的时光强迫自己睡着。那颗星球上，有 36 个和骨螺一样的人。

天芥还帮助过双腿残疾的斤染。

斤染在轮椅上生活了 15 年，几乎从来没有离开过家门。残疾人便利设施不是没有，就是被破坏、侵占。到处都是台阶、门槛、矮台、浅沟、小门、窄道。对于“正常人”来说，抬抬腿就可以过的地方，斤染无法过去。

地球上没有一个地方，是无法抬动双腿的人可以自由来往的。

但宇宙中存在。广袤的宇宙，无限的星球中，存在一个盛满特殊液体的海洋星球。经过一些简单的生物学改造，无法抬腿的人可以在星球表面的任何一个角落畅游。在那里，5000 个双腿残疾的人建立起人类第一个海洋居所。

天芥还帮助过双眼失明的青磁。

青磁出生就没有见过光明，所幸父母积蓄丰厚，青磁也算衣食无忧。对于自己与其他人的不同，青磁用了很多很多年的时间才认识到，又用了很多很多年的时间才最终接受。在父母资源的帮助下，青磁看不见一丝光亮，却得以出席很多“正常人”都没有资格出现的场所。每一天，青磁在家人和助理的陪伴下，穿着自己看不见的漂亮衣服，画着自己看不见的漂亮妆容，勉力控制行走姿势，学习把面孔而不是耳朵偏向说话的人。家人总说，看不出青磁是一个盲人。这是赞誉吗？青磁不知道。

青磁有自己的世界，一个声音组成的世界。与生俱来的黑暗带给青磁接受无数细碎声响的能力，视神经早已转而为更加精细的听力服务。

地球上没有一个地方，让盲人能纯靠听力便能轻松独立生活。

但宇宙中存在，广袤的宇宙，无限的星球中，存在一个拥有无数地下洞穴的星球。在这里，所有的生物都只靠听力生存；在这里，组成洞穴的物质柔软无害，又能带来清晰的回声。在那里，3 万个盲人和爱他们的人，组成了人类第一个地下种族：毫不犹豫抛弃人类几万年来对外表的过度关注，嗓音的好坏才是盲人星球公认的指标。

天芥因此得知，天芥不需要忍耐一个充满隐喻的语言。只要前往另一颗星球，天芥可以拥有自己的语言。

在这里，山没有脚。天芥和朋友们给遇见的每一个物体起名，给想到的每一个概念起名。在这里，语言可以直击本质，而不是任由说话人附加不够客观的判断。

也许，星联所的人有一天会认识到，地球人类在宇宙中只是一种独特的存在，远非绝对的标准。

也许，更多的地球人有一天会认识到，自己在生活中忍耐的点点滴滴，并不是那么必要。就像骨螺意识到生活不需要强忍困倦，就像斤染意识到生命可以不需要行走，就像青磁意识到化妆对自己来说确实没有意义。

希望那一天到来，苏枋可以理解天芥。

（向苏枋道歉，这封信完整传输到地球的时间，肯定比苏枋预期的要晚非常多。天芥努力使用地球语言写信。同时，显星能传回地球的信息太少，一些显星官方的信件，占据了通道很久。一个奢望，苏枋收到以后可以尽快回信，以便保留天芥的地球语言能力。）

李天芥。

第五章 语言距离 =85 李苏枋

“未来的英语世界肯定会以英国英语为准。英国英语无疑具有文化上的优势，但我们必须时刻牢记，海外英语世界还有亿万年轻人。……英语是唯一真正有意义的世界语言，我们英国人很大程度上要为这种语言的未来负起责任……”

——*弗斯*

英语中“英尺”和“脚”是同一个单词“foot”，据说是以皇帝一只脚的长度作为一英尺的标准。

姐姐：

姐姐，姐姐，姐姐姐姐……我快要疯了。星联所也快疯了。官方能开发的星球毕竟有限，疯长的民间中介凭借廉价可复制的行星环境改造设备瞬间占领了多出百倍的星球。地球和其他星球的平均语言距离像坐火箭一样上升，我每天都要解读海量不知所云的文件。尤其是你们那边，除了姐姐的信，真的像天书一样。

更让人不寒而栗的是，星联所提出要派普通队员组成的开拓团来“平衡”那些语言距离高得离谱的星球，星球的第一批住民立刻发出强烈反对，甚至提出要用脆弱的移民星舰在星门处阻击星联所开拓团的到来，就像用燃烧的火把堵住兔子洞的洞口。反向星门的传输渠道极其狭窄，只能 1 比特 1 比特地传回信息，那段时间，我们收到了一串又一串的 nonononono。

星联所内部吵疯了。有一部分人提出放弃那些星球，毕竟中介能接触到的资源也不太适合大部分人类居住，派去“平衡”语言距离的开拓团成员也怨声载道。可我真的不愿意看到两边的语言距离不断增大，最终达到无法弥合的程度。

我内心深处也知道，当物理距离无限拉长，母星只是深空中难以辨别的暗淡蓝点，当生理差距无比悬殊，改造之后的人类变成真正的另一个物种，当生存环境天差地别，连俯仰万年的天地日月都变了模样，人们交流的方式如何不会改变，人们思维的方式又凭何万旧如常？

再加上这该杀的非互易性，通信渠道如此不通畅：通过星门，地球可以向万千星球送出移民星舰、地质改造设施，还有海量的画面、语音和文字；同样通过星门，万千星球只能像通过一棵芦苇凝结露水那样，为地球返回极其有限的信息。地球像一个母亲，每时每刻对着跳进兔子洞里的孩子们撕心裂肺地呐喊，却要等上半天才能收到一个音节的回应。

可这才将将一个四季，差异已经如此巨大吗？

姐姐，我也想理解你。从你拒绝我喊你姐姐的那天起，我就努力想理解你。为了帮助你，我钻研你不擅长的学科，逐渐被语言本身迷住。我琢磨每一个字的来历，追溯到原始人类在山壁上画出的痕迹；我探寻每一个语言的秘密，惊叹于其与思维和文化的紧密关系。

姐姐，我也特别喜欢你的名字。天芥，代表一种明亮的蓝紫色，也是一种植物的名字，它的希腊语名“heliotrope”由“太阳（helios）”和“朝向（trope）”组合而来，因为天芥菜总是朝向太阳。这也是姐姐在我心中的色彩，永远朝向希望和未来。

正是语言的隐喻、模糊和多义，诞生出诗歌、戏剧、小说、相声等如此灿烂的文化瑰宝。当你们放弃地球语言时，一切的“江云垂野雪如簁，闰岁春来特地迟”，一切的“to be or not to be”，一切的“这是最好的时代，也是最坏的时代”，对你们来说，都将只是没有意义的符号。这该多么可惜啊！

当然，用新的语言——用水雾，用音色，用引力波，用红外线——也许可以创造同样灿烂的文化，但对我来说，怕再也难以解读了。毕竟，天芥代表的蓝紫色和苏枋代表的暗红色，对于拥有蓝绿红三种视锥细胞、只能看见可见光的人类，才有意义啊。

（写到这里才突然意识到，“可见”光，“常”温“常”压，1个天文单位——太阳到地球的距离，都是多么以人类、以地球为中心的称呼。）

姐姐，对不起，我不该说你是病人，想要“治愈”你。我只是，想要再次靠近你，听你再叫一声妹妹罢了。既然一切无法挽回，那我只能再次和姐姐说一声，再也不见了。

（听说语言会影响思维和记忆。在新的世界里，姐姐，你将如何回忆我？）

祝好，

妹妹。

第六章 语言距离 =999 李天芥

语言领域里无可争辩的事实是：第一，种是通过逐渐的分化而产生的；第二，高度发达的有机体经过生存竞争而保存下来。

——施莱歇尔用达尔文学说的两个基本观点解释语言演进史

第一封信：

妹妹：

*********************** 兔 子 ****************** 兔 子 洞 ************************* 门 ************************

姐姐。

第二封信：

讣告

尊敬的先生 / 女士，您好。

很遗憾地通知您，您的家人 / 朋友李天芥小姐，已经于地球时间口口口口年口口月口口日于口口口口号星球上去世，享年口口岁。

请您节哀。

星联所家信办公室

第七章 语言距离 = ？？？ 李苏枋

就其基本形式来看，语言是人类直觉的符号表达。

——萨丕尔

倒计时在耳边响起，苏枋闭上了眼睛。

苏枋是和几十枚导弹一起升空的，瞄准不同的星门。苏枋隐隐听闻有些逃犯改头换面欺骗中介，真实上演了一场星际大逃亡。苏枋从内心希望，那些导弹是瞄准了定了罪的逃犯星球，而不是任何一个因为暂时无法沟通而被星联所视为敌人的存在。

火箭开始发出巨大的震颤，由内而外，拼命摇晃着苏枋已经足够不安定的内心。

从小到大，苏枋从来没有做过一件不被旁人理解的事。足够优秀，足够主流，足够“正常”。这几天，苏枋第一次收到了那么多句“你为什么要这么做”。

是啊，在地球上好好的，为什么要穿过星门去往陌生的星球，明知像跳进兔子洞一样，绝无可能回头？天芥在地球上办过葬礼，意味着往后的一切就跟死去一样跟地球毫无关系，这是星门时代的共识，难道作为妹妹还要搭上下半辈子去另一颗星球守灵吗？连移民中介都不理解苏枋。那个扎双马尾的活泼姑娘在半小时内拿出几十套方案，试图说服她哪一套都比天芥的星球合适，去了必定舒适无忧。有那么几个跟苏枋性格无比契合的星球，如果是过去，她也许真的会心动。

苏枋无法向任何人解释清楚。她只能硬生生推开别人的关心和戏谑，一步一步往前走。

苏枋在赌，赌姐姐的讣告，不代表真正的死亡。

为了不占用反向星门的宝贵资源，讣告是星联所根据特定参数自动发出的。这个参数可以是“生命体征的消失”，也可以是“离开了这个星球”。就像在地球如今的文化里，穿越星门的人也会举办葬礼。

那么，离开最适合她的星球，姐姐去了哪里？

在等待姐姐回信的那些岁月，苏枋一直在反复研读之前的信件，并与显星其他信件做对比。可以看出，姐姐在抗拒更舒适的语言习惯，使用苏枋能够理解的方式书写。因此，这些信件便让苏枋解读显星语言成为可能。

就像姐姐在信中所说，那颗星球上的人们给遇见的每一个物体起名，给想到的每一个概念起名，摒弃所有隐喻，将自然语言的精准程度上升到数学语言的程度，词汇量也是地球的几万倍。更奇特的是，他们的大脑结构竟能记住这样多的词语，并实现相互更加深刻的理解。

沃尔夫认为，有的语言更接近真理：霍皮语里没有任何跟时间有关的表达，那么如果爱因斯坦使用霍皮语，他也许就无法提出相对论了。

而姐姐他们用的精准语言，也许，是一种更加优越的语言。广袤的宇宙，无限的星球，崭新的语言，多样的思维：我们是否能更早描摹宇宙的真相呢？如此看来，硬要他们传承地球语言和文化，实在站不住脚。

苏枋在回信时，也想努力去除文字间所有的隐喻，但那完全无法展现她想要表达的东西，仿佛一个机器人洗刷掉了最珍贵的色彩。想来姐姐也是如此。饱满的感情绚烂万千，最终只在几个字节中落下单薄的投影。这封信如果用显星语写就，怕是传输个把月也无法完成。

苏枋努力去解读这些投影，体会姐姐在异星涌动的思绪。她相信自己可以。她们曾是如此亲昵。姐姐拉着她玩发明语言的游戏，那时，她们也是这样，给遇见的每一样事物，起一个崭新的名字。

只可惜，苏枋理解错了天芥当年不让自己喊“姐姐”的含义。那不是天芥在推远苏枋，而是天芥第一次发出信号，想让苏枋真正地理解自己。

这次，苏枋决心不再误解。姐姐最后的回信中，破天荒用了隐喻。苏枋相信，姐姐在努力用苏枋熟悉的方式向她传递信号：

单向的“兔子洞”，已经变成了真正的“门”。

第八章 语言距离=0 0=新的开始

辞达而已矣。

——孔子

睁开眼睛，苏枋已经穿过了姐姐也穿过的星门。

星门的样子十分诡异。与其说是“门”，更像一个通道的开口，或者说星空下有一道纵深的裂痕。入口处总体是圆柱形，但周长被分成八份，每个分割点都向外伸出一些枝丫，好像扒住了四周的空间。星门的边缘也不是固定的，似乎在不断蠕动、呼吸。里面则是完全的黑色。不似科幻电影中规矩整齐的六边形，或是散发着科技感的闪光甬道，而是一种鼓鼓囊囊、有生命感的东西。姐姐不管它叫门是有道理的。“星门”这个词给了很多人轻易逃避的幻想。

眼前的存在让苏枋想起神经语言学实验室中的神经元。她曾听过一些猜想，星门的非互易性具有生物学性质，排布方式也与人类大脑的神经元聚合模式相似。他们说，宇宙是一颗正在思考的大脑。苏枋曾觉得可笑。目前所有可观测的星门，都是从地球单向发出的，就像一股脑儿同步放电的神经元。如果非要做比喻，与其说是思考，不如说这颗巨脑的电脉冲失控了，正在癫痫发作。

但这次，苏枋注视的，是另一扇星门。有史以来第一次，一颗非地球的行星附近，有两扇星门。一扇连接地球，另一扇通向哪里？无所谓了，这远没有它的存在本身重要。

如果地球不再是所有星门唯一汇聚的地方，如果星球之间还有无数星门相连，那么一切都不同了。地球，地球语言，必将失去中心的地位。

也许苏枋对最后一封信的解读是正确的：姐姐理解了这一点，希望帮助苏枋重启双向沟通的可能，想通过另一扇星门回到地球，在离开显星时触发讣告。

也许苏枋对最后一封信的解读是错误的：姐姐放弃了沟通，最后一封信只是违背自己的内心去满足妹妹的渴望，然后真的在显星陌生的环境里失去了生命。

也许，那是全新宇宙文明的起点，正等待苏枋这样的人去探索、去证明。

也许星门外是碳基生命无法忍受的世界，穿越的那一刻将尸骨无存。

也许……

同样一件事，有几百种方式说出；同样一句话，有数不清的方式解读。语言本身含混多义，难以高效传递精确信息；说话的人也无一坦诚，给所有真实叠加万千隐喻。

所有的语言都是“半说”，每一场对话皆为谜题。但语言的意义不仅属于说话的人，同样也属于解读者本身。

毕竟，沟通本意为开沟以使两水相通，永远不该是单向的兔子洞。

所以，还是去吧，去另一颗星球吧，重新找到文明本质的相同点，建立起全新的语言。没有山，因为有的星球不存在山，没有脚，因为有的人类舍弃了双脚。如果还想顺畅沟通，必须去探索心灵最深处的一致：

陪伴的追求，理解的渴望，爱的语言。

还有看到一封难懂的书信，依然前往无法回头境地的笃定。

苏枋望着那扇星门，给飞船下了最后的指令。

与此同时，相同的讣告信号被触发。

无论星门通向哪里，希望姐姐还等在原地。

参考资料：

[1] 贾斯顿 · 多伦 . 二十种语言，另眼看世界 . 脸谱，2020.

[2] 苏珊 · 格林菲尔德 . 大脑的一天 . 上海文艺出版社，2021.

[3] 盖伊 · 勒施齐纳 . 脑子不会好好睡 . 台海出版社，2021.

[4] 苏蕾尔 · J. 布林顿，伊丽莎白 · 克洛斯 · 特劳戈特 . 词汇化与语言演变 . 商务印书馆，2013.

[5] 姚小平 . 西方语言学史 . 外文出版社，2011.

[6] 新井美树 . 色之辞典 . 上海文化出版社，2020.